O JOGADOR
(das notas de um jovem rapaz)

FIÓDOR DOSTOIÉVSKI

Publicado originalmente como Игрокъ

Os direitos desta edição pertencem à
Editora Pé da Letra
Rua Coimbra, 255 – Jd. Colibri – Cotia, SP, Brasil
Tel.(11) 3733-0404
vendas@editorapedaletra.com.br / www.editorapedaletra.com.br

Direção Editorial James Misse
Edição Leonardo Waack
Direção de Arte Sueli Issaka
Tradução Rafael Bonavina
Revisão Paula Queiroz
Diagramação Editora Pé da Letra
Capa André Cerino
Foto iStock

Impresso no Brasil, 2023

Dados Internacionais de Catalogação na Publicação (CIP)
Angélica Ilacqua CRB-8/7057

Dostoiévski, Fiódor, 1821-1881

O jogador / Fiódor Dostoiévski ; tradução de Rafael Bonavina. – 1 ed. – Cotia, SP : Pé da Letra, 2023.

176 p. : il., color.

ISBN 978-65-5888-756-0

Título original: Игрокъ

1. Ficção russa I. Título II. Bonavina, Rafael

23-2301   CDD 891.73

Índices para catálogo sistemático:
1. Ficção russa

Todos os direitos reservados. Nenhuma parte desta publicação pode ser reproduzida, armazenada em um sistema de recuperação, ou transmitida, de qualquer forma ou por qualquer meio, eletrônico, mecânico, fotocopiador, de gravação ou outro, sem autorização prévia por escrito, de acordo com as disposições da Lei 9.610/98. Quaisquer pessoas que pratiquem atos não autorizados em relação a esta publicação podem ser responsáveis por processos criminais e reclamações cíveis por danos. Esta editora empenhou-se em contatar os responsáveis pelos direitos autorais de todas as imagens e de outros materiais utilizados neste livro. Se, porventura, for constatada a omissão involuntária ou equívocos na identificação de algum deles, dispomo-nos a efetuar as correções em edições futuras.

O JOGADOR
(das notas de um jovem rapaz)

FIÓDOR DOSTOIÉVSKI

TRADUÇÃO
RAFAEL BONAVINA

SUMÁRIO

CAPÍTULO I 7
CAPÍTULO II 18
CAPÍTULO III 24
CAPÍTULO IV 29
CAPÍTULO V 35
CAPÍTULO VI 45
CAPÍTULO VII 54
CAPÍTULO VIII 62
CAPÍTULO IX 71
CAPÍTULO X 81
CAPÍTULO XI 95
CAPÍTULO XII 105
CAPÍTULO XIII 118
CAPÍTULO XIV 130
CAPÍTULO XV 139
CAPÍTULO XVI 150
CAPÍTULO XVII 161
SOBRE O AUTOR 172

CAPÍTULO I

Finalmente voltei depois de uma ausência de duas semanas. Já fazia três dias que estávamos em Roletemburgo. Eu achava que eles estivessem me esperando, e Deus sabe o quanto queria que fosse assim, mas estava enganado. O general me lançava um olhar majestático, falou comigo de modo condescendente e me mandou falar com sua irmã. Ficou claro que eles tinham conseguido dinheiro de alguma maneira. Também tive a impressão de que o general sentia certa vergonha de olhar para mim. Maria Filippovna estava extremamente preocupada e conversou pouco comigo; no entanto, pegou o dinheiro, conferiu e ouviu todo o meu relatório. Para o jantar estavam esperando Mézientsov, além de um francesinho e um inglês; como de costume, assim que se ganha algum dinheiro, imediatamente se organiza um banquete à moscovita. Assim que me viu, Polina Aleksandrovna me perguntou se eu ficaria por muito tempo e, sem esperar a resposta, foi embora para algum lugar. Com certeza fez isso de propósito. Precisamos conversar e nos entender, no entanto. Muita coisa se acumulou.

Eu fui alocado em um quartinho no terceiro andar do hotel. Os funcionários daqui sabem que pertenço *ao grupo do general*. Tudo indicava que o grupo tivesse conseguido, de alguma forma, fazer com que se soubesse quem eles são. Antes mesmo do jantar o general resolveu me dar, entre outras tarefas, duas notas de mil francos para trocar. Eu as levei para a recepção do hotel. Agora eles vão nos olhar como se fôssemos milionários, pelo menos ao longo dessa semana. Eu queria chamar Micha e Nádia para passearmos juntos, mas das escadas vieram gritos me chamando, convocando-me ao quarto do general; ele queria saber onde eu as estava levando. Esse homem sequer era capaz de me olhar nos olhos; ele tinha muita vontade de fazê-lo, mas toda vez que eu lhe respondia com um olhar fixo, isso é, irreverente, era como se ele ficasse desconcertado. Em um discurso extremamente pomposo, costurando uma frase na outra e por fim se perdendo por completo, ele me deu a entender que eu deveria passear com as crianças em algum lugar bem longe do cassino, lá no parque. Por fim, ele se irritou completamente e concluiu de forma brusca:

— É que se o senhor as levasse ao cassino, talvez vocês acabassem indo à roleta. O senhor me desculpe — adicionou —, mas eu sei que o senhor é bastante leviano e talvez esteja propenso a apostar. De qualquer maneira, eu não sou seu mentor, tampouco desejo tomar para mim esse papel, no entanto, ao menos tenho o direito de desejar que o senhor, por assim dizer, não me comprometa...

— É que nem dinheiro eu tenho — respondi tranquilamente —, e para apostar, antes de mais nada, é preciso tê-lo.

— Logo você terá — respondeu o general, um pouco corado. Mexeu em umas coisas no seu escritório, checou um caderninho e verificou que eu tinha de receber cerca de cento e vinte rublos. — Então vamos acertar as contas — ele começou —, é preciso trocar para táleres. Bom, pegue cem táleres, assim o número fica redondo, o resto, é claro, não é perdido.

Eu peguei o dinheiro em silêncio.

— Por favor, não se ofenda com as minhas palavras, o senhor é muito arredio e... se estou lhe dizendo isso, é por que eu... por assim dizer, estou lhe avisando e, claro, tenho algum direito a isso...

No caminho de volta para o hotel, ainda antes do jantar, eu e as crianças encontramos uma verdadeira manada de cavalos. Todos do nosso círculo estavam indo ver umas ruínas. Eram duas carruagens majestosas, puxadas por cavalos imponentes. A mademoiselle Blanche estava em uma delas com Maria Filippovna e Polina; o francesinho, o inglês e o nosso general iam a cavalo. Os passantes paravam para olhar; o efeito desejado tinha sido produzido; só que o general teria problemas. Pelas minhas contas, além dos quatro mil francos, que eu tinha trocado aqui, e o dinheiro que eles já tinham, evidentemente, conseguido emprestado, eles deveriam ter uns sete ou oito mil francos; seria muito pouco para a mademoiselle Blanche.

A mademoiselle Blanche também estava no nosso hotel, junto com sua mãe e o nosso francesinho também. Os criados o chamavam de

"*Monsieur le comte*", a mãe da mademoiselle Blanche era chamada de "*Madame la comtesse*";[1] e pode ser que realmente fossem *comte et comtesse*.

Eu sabia muito bem que o *monsieur le comte* não tinha me reconhecido quando nos encontramos para o jantar. O general, é claro, nem imaginou a possibilidade de nos apresentar ou, ao menos, de me recomendar a ele; mas o próprio *monsieur le comte* esteve na Rússia e sabia que havia por lá um certo passarinho chamado "outchitel".[2] No entanto, ele me conhecia muito bem. De qualquer forma, confesso que fui ao jantar sem ser convidado, aparentemente o general se esqueceu de me incluir nos planos, do contrário teria me mandado jantar na *table d'hôte*.[3] Eu fui por minha própria conta, por isso o general olhou para mim insatisfeito. A bondosa Maria Filippovna imediatamente me indicou um lugar; mas foi meu encontro com o mister Astley que me salvou dessa situação, pois, mesmo contra a minha vontade, fez com que eu parecesse pertencer ao grupo deles.

A primeira vez que encontrei esse inglês estranho foi na Prússia, em um vagão de trem no qual estávamos sentados um de frente para o outro, quando eu estava indo atrás do nosso grupo; depois eu o encontrei sem querer quando estava chegando à França, por fim também na Suíça; eu o tinha encontrado duas vezes nessas duas semanas, e então eu o encontro de repente, agora já em Roletemburgo. Em toda a minha vida, nunca encontrei uma pessoa mais tímida; ele era tão tímido que chegava a parecer um tonto, e ele mesmo, é claro, sabia disso, porque de tonto ele não tinha nada. No mais, era muito doce e gentil. No nosso primeiro encontro, na Prússia, eu o deixei falar bastante. Ele me disse que, naquele verão, tinha ido ao Cabo Norte e que tinha muita vontade de visitar a famosa feira de Nijny Novgorod. Não sei como ele conhecia o general; mas tive a impressão de que ele estava perdidamente apai-

---

1. Respectivamente "o senhor conde" e "a senhora condessa", em francês. (N.T.)
2. Há um jogo de palavras aqui, pois o nome do pássaro pronunciado de maneira afrancesada coincide com a palavra "professor" em russo. (N.T.)
3. Em francês no original. Refere-se a um tipo de menu em que as opções de comida são reduzidas, se comparado ao menu à la carte, e cujos preços são fixos. (N.T.)

xonado por Polina. Quando ela chegou, ele ficou todo vermelho, como uma maçã. Ficou muito feliz por eu ter sentado ao seu lado na mesa e parecia já me considerar um amigo íntimo.

À mesa, o francesinho conduzia a conversa de maneira extraordinária; ele tratava a todos de maneira negligente e altiva. Em Moscou, eu me lembro que ele tinha o hábito de ficar enxugando gelo. Não parava de falar de finanças e da política russa. O general às vezes ousava se contrapor, mas de modo humilde, só o bastante para não arruinar definitivamente seu prestígio.

Eu estava com um ânimo estranho; de fato, antes mesmo de chegar à metade da refeição, me fiz aquela pergunta habitual e incontornável: por que fico correndo atrás desse general e não me afastei dessa gente há muito, muito tempo? Raramente olhava para Polina Aleksandrovna; ela não me notava absolutamente. Acabei me irritando com tudo e resolvi ser grosseiro.

Comecei me intrometendo na conversa alheia, sem motivo algum e em voz alta. Eu queria mesmo era brigar com o francesinho. Me voltei para o general e, de repente, disse em tom muito alto e claro – e, me parece, interrompendo sua fala –, ressaltando que, neste verão, os russos quase não conseguiam jantar nas *table d'hôte* dos hotéis. O general me lançou um olhar surpreso.

— Se o senhor for uma pessoa que se dá ao respeito — soltei um pouco depois —, então invariavelmente vai acabar ouvindo desaforos e será obrigado a suportar ofensas tremendas. Em Paris e no Reno, mesmo na Suíça, tem tantos polaquinhos e seus simpatizantes francesinhos comendo nas *table d'hôte*, que não há qualquer possibilidade de um russo dizer nem meia palavra.

Eu disse isso em francês. O general me olhou perplexo, sem saber se ficava irritado ou apenas surpreso com o meu esquecimento do decoro.

— Quer dizer que alguém em algum lugar lhe deu uma lição — disse o francesinho de maneira displicente e desdenhosa.

— A princípio eu estava brigando com um polaco — respondi —, depois veio um oficial francês o apoiar. Então uma parte dos franceses passou para o meu lado, quando eu lhes disse quanta vontade eu tinha de cuspir no café do monsenhor.

— Cuspir? — perguntou o general com uma pomposa incompreensão e até olhando ao redor. O francesinho me olhou bem, incrédulo.

— Exatamente isso, meu senhor — respondi. — Tanto que passei dois dias convicto de que provavelmente seria necessário resolver nosso assunto de uma vez em Roma, então fui ao escritório da nunciatura apostólica em Paris para conseguir um visto para a estadia. Chegando lá, fui recebido por um abade de seus cinquenta anos, magro e de fisionomia gélida. Depois de me ouvir de maneira educada, embora seca, ele me pediu para esperar um pouco. Apesar de estar com pressa, claro, sentei-me para esperar, peguei o jornal *Opinion Nationale* e comecei a ler uma ofensa das mais horríveis contra a Rússia. Enquanto isso, eu ouvi, vindo do cômodo vizinho, os passos de alguém indo falar com o monsenhor; vi o meu abade fazendo reverências. Eu me dirigi a ele para reforçar meu pedido anterior; ele me pediu, de maneira ainda mais seca, que esperasse um pouco mais. Depois de algum tempo, entrou mais um desconhecido, mas para resolver um problema, era um austríaco; eles o ouviram e imediatamente o levaram para o andar de cima. Nessa hora eu fiquei muito irritado; então me levantei, fui ao abade e disse-lhe decididamente que, como o monsenhor estava recebendo visitas, ele poderia muito bem resolver o meu caso. De repente, ele deu um passo para trás extraordinariamente surpreendido. Ele simplesmente não conseguia compreender: como um russo insignificante teria a audácia de se igualar aos convidados do monsenhor dessa forma? Ele me olhou dos pés à cabeça e gritou com aquele mesmo tom impertinente, como se tivesse prazer em poder me ofender: "Por acaso o senhor imagina que, por sua causa, o monsenhor vai parar de tomar seu café?". Então eu gritei com ainda mais força do que ele: "Pois fique sabendo que eu cuspo no café do seu monsenhor! Se o senhor não resolver o meu passaporte neste instante, eu mesmo vou até ele".

"Mas como! Agora ele está falando com o cardeal!", gritou o abade, afastando-se de mim, aterrorizado; ele correu até as portas e abriu os braços em cruz, deixando claro que preferiria morrer a me deixar passar.

Então eu lhe respondi que sou um herege e bárbaro, *"que je suis heretique et varvare"*, e que para mim todos esses arquiepiscopais, cardeais, monsenhores etc. etc. davam na mesma. Em suma, deixei claro que não desistiria. O abade me olhou com uma raiva infinita, depois tomou meu passaporte e o levou para o andar de cima. Um minuto depois ele me foi devolvido, já com o visto. É isso, meu senhor, querem ver? – tirei meu passaporte e mostrei o visto de Roma.

— Mas isso, o senhor... — o general fez menção de começar.

— O senhor se salvou porque se declarou um bárbaro herege — ressaltou o francesinho com um sorriso irônico. — *Cela n'était pas si bête*.⁴

— Será que já viram os nossos russos? Eles ficam sentados assim, não ousam dar um pio e estão prontos, talvez até mesmo para negar que são russos. Pelo menos em Paris, no hotel em que fiquei, passaram a me tratar com uma atenção tremenda quando eu lhes contei da minha briga com o abade. Um *pan*⁵ polonês gordo, que até então tinha sido a pessoa mais hostil comigo durante a *table d'hôte*, esmoreceu para o segundo plano. Os franceses até relevaram quando lhes disse que, dois anos antes, eu tinha visto um homem em quem um soldado francês tinha atirado, em 1812,⁶ só para descarregar seu rifle. Na época, esse homem ainda era uma criança de dez anos, e sua família não conseguiu fugir de Moscou.

— Não pode ser! — o francesinho se indignou. — Um soldado francês jamais atiraria em uma criança!

— E, no entanto, aconteceu — respondi. — Quem me contou isso foi um capitão reformado de renome, e eu mesmo vi a cicatriz que a bala deixou em seu rosto.

O francês começou a falar muito e bem rápido. O general ia começar a apoiá-lo, mas eu recomendei que ele lesse, por exemplo, um trecho das *Notas* do general Pierovski, que tinha sido preso pelos franceses

---

4. *Em francês no original, "Até que isso não foi tolice". (N.T.)*
5. *Em polonês no original, termo usado para grandes latifundiários ou como maneira respeitosa de se dirigir a um homem, semelhante a "senhor". Sua forma feminina, "pani", é utilizada posteriormente no livro. (N.T.)*
6. *Referência às Guerras Napoleônicas. Nelas, a Rússia representou o ponto de virada na onda de vitórias de Napoleão. (N.T.)*

em 1812. Por fim, Maria Filippovna começou a falar de qualquer coisa para mudar o assunto. O general estava muito insatisfeito comigo, porque eu e o francês já estávamos quase aos berros. Mas mister Astley parecia ter gostado muito da minha briga com o francês; ele se levantou da mesa e me chamou para tomar uma taça de vinho com ele. Mais à noite, consegui emplacar uma conversa de quinze minutos com Polina Aleksandrovna, como queria. Nossa conversa aconteceu durante nosso passeio habitual. Todos fomos andando do parque ao cassino. Polina sentou-se no banco de frente para a fonte, e deixou Nadienka brincando com umas crianças, meio longe dali. Também deixei Micha ir à fonte, e nós ficamos, enfim, a sós.

A princípio, é claro, falamos de dinheiro. Polina ficou simplesmente irritada quando eu lhe repassei apenas setecentos florins. Ela estava certa de que eu lhe conseguiria pelo menos dois mil florins, talvez até mais, pelos seus diamantes que penhoraria em Paris.

— Eu precisava muito desse dinheiro — disse ela — e preciso dar um jeito de conseguir mais; do contrário, estarei arruinada.

Então perguntei o que tinha acontecido na minha ausência.

— Nada além de duas notícias que vieram de Petersburgo: a primeira é que a vovó tinha ficado muito doente; a outra foi que dois dias depois, parece, ela já tinha morrido. Isso veio através de Timofei Pietrovitch — adicionou Polina —, e ele é um homem confiável. Estamos no aguardo de uma última comunicação, a definitiva.

— Então todos estão esperando? — perguntei.

— É claro, tudo e todos, faz meio ano que só pensam nisso.

— A senhora também? — indaguei.

— Veja bem, eu não tenho qualquer relação com ela, sou só a enteada do general. No entanto, bem sei que ela provavelmente vai se lembrar de mim no testamento.

— Penso que a senhora ficará com muita coisa — afirmei.

— Sim, ela me adorava; mas por que o senhor acha isso?

— Diga — respondi com uma pergunta —, o nosso marquês também deve estar a par de todos os segredos da família, não?

— E o senhor tem algum interesse nisso? — Polina perguntou, lançando-me um olhar austero e seco.

— Mas é claro; se não me engano, o general já conseguiu pegar algum dinheiro emprestado com ele.

— O senhor tem muita razão.

— Bom, então ele daria algum dinheiro, se ele não soubesse da vovozinha? A senhora percebeu, à mesa, que ao falarmos da vovó ele a chamou três vezes de vovozinha, assim *la baboulinka*.[7] Deviam ter uma amizade próxima!

— Sim, o senhor tem razão. Assim que ele descobrir da minha parte na herança, imediatamente virá pedir minha mão. Era isso que o senhor queria saber?

— Ainda não pediu? Eu pensei que já tivesse feito isso há muito tempo.

— O senhor sabe muito bem que não! — disse Polina do fundo de seu coração. — Onde é que encontrou esse tal inglês? — acrescentou, depois de um silêncio passageiro.

— Eu também sabia que a senhora perguntaria dele agora.

Contei-lhe dos meus encontros anteriores com mister Astley ao longo da viagem.

— Ele é tímido, carinhoso e, claro, já deve ter se apaixonado pela senhora, não é?

— Sim, ele está apaixonado por mim — respondeu Polina.

— E, claro, ele é dez vezes mais rico que o francês. Aliás o francês realmente tem dinheiro? Isso já está para além das dúvidas?

— Não está. Ele tem um *château*[8] qualquer. Ontem mesmo o general me afirmou isso categoricamente. E então, está bom?

— Se eu estivesse no seu lugar, sem dúvida me casaria com o inglês.

— Por quê? — Polina perguntou.

— O francês é mais bonito, mas é vil; já o inglês é, acima de tudo, honesto, além de ser dez vezes mais rico — eu respondi abruptamente.

— Sim; mas, em compensação, o francês é marquês e é mais inteligente — respondeu ela em um tom plácido.

---

7. *No original, mistura-se o artigo francês "la" e "baboulinka", forma carinhosa de "babushka" – avó, em russo. (N.E.)*
8. *Em francês, "castelo". (N.T.)*

— Será que é mesmo? — continuei eu, da mesma forma.
— Sem dúvida.

Polina não estava gostando nem um pouco das minhas perguntas, e eu via que ela queria me irritar com aquele tom e o conteúdo absurdo das suas respostas; eu lhe disse isso ali mesmo.

— É que eu realmente me divirto quando o senhor se irrita. Além do mais, o senhor deveria reconhecer que estou lhe dando permissão para que faça essas perguntas e conjecturas.

— De fato, eu me considero no direito de lhe fazer qualquer pergunta — respondi tranquilo —, justamente porque estou preparado para dar o que for em troca, mesmo minha própria vida já não tem mais valor.

Polina gargalhou.

— Da última vez, lá no monte Schlangenberg, o senhor me disse que estava pronto para, se eu desse a ordem, pular de cabeça, e me parece que ele deve ter uns trezentos metros de altura. Um dia desses eu darei essa ordem só para ver se o senhor vai manter sua palavra, e esteja certo de que manterei a minha decisão com pulso firme. Eu te acho odioso, justamente porque lhe dei muita liberdade, e ainda mais odioso porque preciso tanto do senhor. Enquanto for necessário, sou obrigada a preservá-lo.

Ela estava a ponto de se levantar. Falava com irritação. Nos últimos tempos, ela sempre terminava nossas conversas com irritação amarga, de um amargor verdadeiro.

— Posso lhe perguntar o que representa a mademoiselle Blanche? — questionei, sem querer deixá-la ir assim, sem explicações.

— O senhor bem sabe o que representa a mademoiselle Blanche. Por enquanto não há novidades. Mademoiselle Blanche provavelmente será a esposa do general. Claro, se o boato da morte da vovó for verdade, porque mesmo a mademoiselle Blanche, e sua mãe, e o marquês, que é seu *cousin*[9] em terceiro grau, todos eles sabem muito bem que nós estamos arruinados.

---

9. *Em francês, "primo". (N.T.)*

— E o general está apaixonado mesmo?

— Já não importa mais. Escute bem e lembre-se: pegue estes setecentos florins e vá jogar, ganhe quanto puder na roleta; estou precisando de dinheiro urgentemente.

Depois de dizer isso, ela gritou para a Nadienka e foi para o cassino, onde se juntou aos demais. Eu tomei o primeiro desvio à esquerda, pensativo e impressionado. A ordem de ir à roleta me acertou como um tapa na cara. Que coisa estranha: eu tinha muito em que pensar; no entanto, me vi completamente absorto, remoendo os meus sentimentos por Polina. Essas duas semanas de ausência tinham sido, de fato, mais fáceis para mim do que o dia do meu retorno, embora, durante a viagem, eu sentisse uma saudade desesperadora, ficava para lá e para cá como um doido, e sua imagem vinha até mim mesmo em sonhos. Certa feita (isso aconteceu na Suíça), depois de pegar no sono em um vagão de trem, parece que eu comecei a falar em voz alta com Polina, causa de riso para os outros passageiros que viajavam comigo. E agora, mais uma vez, eu me fazia a seguinte pergunta: será que eu a amo? E mais uma vez eu não ousei a me dar resposta alguma, ou melhor, novamente, pela centésima vez, respondi que a odiava. E, de fato, ela era odiosa. Havia momentos (e justamente sempre ao final das nossas conversas) nos quais eu daria metade da minha vida para esganá-la! Juro, se eu tivesse a oportunidade de enfiar uma faca afiada em seu peito bem devagar, acredito que eu a aproveitaria com prazer. E, ao mesmo tempo, juro por tudo que há de mais sagrado, que se, em Schlangenberg, ela tivesse me dito "pule de cabeça", eu imediatamente teria pulado, também com prazer. Eu sei disso. Seja como for, precisava ser resolvido. Ela compreendia isso profundamente, e a certeza de que eu tinha plena consciência da sua total inacessibilidade para mim, da completa impossibilidade de realização das minhas fantasias; essa certeza, não duvido, causava-lhe um prazer extraordinário; do contrário, seria possível que ela, cautelosa e inteligente como era, me permitisse essas intimidades e conversas francas? Penso que, até hoje, ela me via como se fosse uma imperatriz da antiguidade que se despia diante do seu escravo, tomando-o por algo que não é uma pessoa. De fato, ela muitas vezes não me considerava uma pessoa...

No entanto, ela tinha me encarregado de ganhar na roleta o que pudesse. Não tive muito tempo para pensar: para que e quão rápido precisava ganhar o dinheiro, e que novas ideias surgiram naquela cabeça que estava sempre maquinando algo? Nessas duas semanas, evidentemente, somou-se a tudo uma nova miríade de fatos, dos quais eu não tinha qualquer noção. Tudo isso era preciso adivinhar, desvendar tudo, e o mais rápido possível. Ainda assim, por enquanto, não havia tempo. Eu precisava ir à roleta.

CAPÍTULO II

Eu confesso que não achei agradável; cheguei a decidir que jogaria, mas nem imaginei que começaria a fazê-lo pelos outros. Isso até me distinguia um pouco da multidão, mas entrei nos salões de jogos com um sentimento fortíssimo de vergonha. Desde a primeira vista, tudo ali me desagradou. Eu não suporto esse servilismo dos folhetins brancos e principalmente dos nossos jornais russos, em que, quase todas as primaveras, os nossos folhetinistas falam de duas coisas: a primeira é o extraordinário esplendor e o luxo dos salões de jogos nas cidades das roletas no Reno; a segunda, os montes de ouro que seriam empilhados nessas mesas. O pior é que eles não são pagos para isso, eles contam essas coisas simplesmente por servilismo desinteressado. Não existe qualquer esplendor nesses salões pútridos, e o ouro não chega a formar montes nas mesas, mas desponta raramente e aos pouquinhos. É claro que, de vez em quando, ao longo da temporada, surge de repente algum doido, seja um inglês, um asiático qualquer ou um turco, como aconteceu neste verão, e ele subitamente perde ou ganha um grande montante; todos os demais apostam umas misérias em florins, por isso os números da mesa são cobertos por pouquíssimo dinheiro. Assim que entrei no salão de jogos (pela primeira vez na vida), eu passei algum tempo sem me decidir se jogava. A multidão também me esmagava. Se eu estivesse sozinho, penso que teria saído ainda mais rápido, sem sequer começar a fazer apostas. Confesso, meu coração batia forte, e eu não conseguia manter o sangue frio; talvez já tivesse decidido há muito que não sairia assim de Roletemburgo; alguma mudança radical e definitiva invariavelmente ocorreria no meu destino. Tem que ser assim, e será. Como poderia não ser ridículo que eu nutrisse tanta esperança na roleta? Mas penso que seria ainda mais ridícula a opinião rotineira, repetida por todos, que é uma tolice cega esperar qualquer coisa do jogo. E por que o jogo seria uma forma de conseguir dinheiro pior do que qualquer outra, ainda que fosse, por exemplo, o comércio? De fato, a cada cem jogadores, só um ganha. Mas o que eu tenho a ver com isso?

De qualquer forma, eu decidi começar observando e não fazer nada sério naquela noite. Se alguma coisa fosse acontecer, então seria algo acidental e sutil – eu tinha decidido que seria assim. Além do mais era preciso estudar o próprio jogo; porque, apesar das milhares de descrições da roleta, que sempre li com grande avidez, eu decididamente não entendia nada da sua estrutura até o momento em que a vi com meus próprios olhos.

A princípio tudo me parecia tão sujo, algo como moralmente degradado e imundo. Não falo, de forma alguma, daqueles rostos gananciosos e intranquilos, que às dezenas, centenas até, lotavam as mesas de jogos. Eu definitivamente não vejo nada de sujo no desejo de ganhar muito dinheiro rapidamente; sempre me pareceu muito tola a ideia de um moralista rotundo e convicto que, ao ouvir alguém defendendo que "se joga aos pouquinhos", teria respondido: "Tanto pior, porque é uma ganância mesquinha." De fato, a ganância mesquinha e a grande ganância não são a mesma coisa. É uma questão de proporção. O que é uma ninharia para um Rothschild, para mim é uma fortuna, e quanto aos lucros e ganhos, não é só na roleta que isso acontece, mas é assim em toda parte, as pessoas só fazem tirar ou ganhar algo umas das outras. Agora, se o ganho e o lucro são positivos, isso é outra questão. E não vou resolvê-la aqui. Já que eu mesmo estava tomado em grande medida pelo desejo de ganhar, então toda essa ganância e toda essa imundície impregnada de ganância, se preferirem assim, eram para mim um tanto convenientes, familiares desde o momento em que pus os pés naquela sala. É a coisa mais agradável quando não se precisa de cerimônias um com o outro e se pode agir de maneira franca e aberta. E para que mentir para si mesmo? É a ocupação mais vazia e inútil de todas! À primeira vista, em toda aquela corja de jogadores às roletas, era particularmente feio o respeito pela ocupação, uma seriedade e até mesmo veneração com que todos lotavam as mesas. Por isso, nota-se aqui uma clara diferenciação entre os jogos chamados de *mauvais genre*[10] e os que são

---

10. *Em francês no original, "mau gênero". (N.T.)*

destinados às pessoas decentes. Existem dois jogos, um é para o gentleman; o outro, para a plebe, um tipo de jogo sórdido, em que se aposta qualquer ninharia. Aqui a diferença é muito clara, e como essa distinção, em essência, é vil! O gentleman, por exemplo, pode colocar cinco ou dez moedas de ouro,[11] raramente mais do que isso, no entanto, pode colocar também mil francos, se ele for muito rico, mas especialmente para um jogo, para um único gracejo, especialmente para ver o processo de ganho ou perda; contudo de forma alguma ele deve estar interessado na vitória. Se ganhar, pode ser que ele, por exemplo, ria em voz alta, faça um comentário a alguém próximo, talvez até coloque mais uma vez e ainda pode ser que dobre o ganho, mas somente pela curiosidade, para ver as possibilidades, para fazer suas contas, e não pelo desejo plebeu de ganhar. Resumindo ele não deve ver todas essas mesas de jogos, a roleta e o *trente et quarante*[12] como algo além de entretenimento, feito somente para o seu prazer. Ele nem deve suspeitar dos cálculos e armadilhas em que se baseia a banca. Inclusive, não seria nem um pouco ruim se ele, por exemplo, percebesse que os outros jogadores, toda aquela corja trêmula sobre os florins, são gentlemen tão ricos quanto ele mesmo, e jogam somente para o seu divertimento e capricho. A total ausência de consciência da realidade e o jeito inocente de olhar para as pessoas deve ser – e certamente é – algo muito aristocrático. Quantas mãezinhas eu não vi empurrando para frente da fila aquelas inocentes e elegantes misses de quinze, dezesseis anos, suas próprias filhas e, depois de lhes darem algumas moedas de ouro, as ensinarem a jogar. Ganhando ou perdendo, a senhorita invariavelmente sorri e se afasta muito satisfeita. O nosso general se aproximou da mesa a passos firmes e imponentes; um criado correu para lhe conseguir uma cadeira, mas

---

11. Moeda francesa antiga equivalente a 20 francos. Ela era chamada de "Louis d'or", por ser uma moeda de ouro gravada com o rosto do rei Luis XIII. (N.T.)
12. Em francês no original, "trinta e quarenta", também conhecido como "vermelho e preto". Um jogo de cartas bastante simples em que seis baralhos são utilizados. O crupiê abre dois grupos de cartas, as vermelhas e as pretas, até que ultrapassem o valor de 30 pontos. O grupo que ficar mais próximo desse número, ganha. Também pode-se apostar na cor da primeira carta aberta pelo crupiê. (N.T.)

ele nem notou o criado; demorou muito para pegar a carteira, demorou mais ainda para tirar dela trezentos francos em ouro, colocou-os na cor preta e ganhou. Ele nem pegou o ganho e o deixou sobre a mesa. Deu preto de novo; ele também não pegou, e quando saiu o vermelho na terceira jogada, ele perdeu a quantia de mil e duzentos francos. Ele se afastou com um sorriso e manteve a pose. Estou convencido de que por dentro ele se sentia como se gatos estivessem arranhando seu coração, e se a quantia fosse duas ou três vezes maior, não teria conseguido se segurar e expressaria sua emoção. Por outro lado, perto de mim um francês ganhou e depois perdeu uns trinta mil francos, mas com alegria, sem qualquer preocupação. Um verdadeiro gentleman não deve se preocupar, mesmo perdendo toda a sua fortuna. O dinheiro deve estar abaixo da sua nobreza e quase não deve valer a preocupação. É claro que seria aristocrático não reparar na imundície de toda aquela gentalha e do próprio ambiente. No entanto, às vezes não é menos aristocrático o caminho inverso, reparar, isso é, notar e até mesmo prestar atenção, nem que seja com o lornhão, em toda aquela gentalha. Não poderia ser de outro modo, a não ser aceitando aquela multidão e toda aquela sujeira como um divertimento especial, como se fosse uma representação feita para o divertimento dos gentlemen. É possível enfiar-se em meio à multidão, sobretudo olhando-se ao redor com a firme convicção de que se é um observador especial e não pertence àquele conjunto. No entanto, não convém ficar reparando muito: repito, não seria muito cavalheiresco, porque esse espetáculo não merece uma observação muito detida ou atenta. Além disso, em geral não são muitos os espetáculos que merecem a atenção detida de um gentleman. Ao mesmo tempo, eu, pessoalmente, tive a impressão de que tudo isso merecia, e muito, uma observação extremamente detida, em especial de quem veio aqui não para olhar, mas com a pretensão sincera e consciente de se juntar àquela corja. Quanto às minhas convicções morais secretíssimas, nestas minhas reflexões, é claro, elas não encontram espaço. Deixemos desse jeito; falo apenas por alívio de consciência. Mas ressalto o seguinte: nos últimos tempos, tenho sentido uma repulsa horrível ao tentar avaliar minhas ações e pensamentos a partir de um critério moral, qualquer que seja. Eu era conduzido por algo diferente...

O JOGADOR

Aquela gentalha toda ali jogando é algo de fato imundo. Eu nem consigo rejeitar a ideia de que ali, naquela mesa, o furto é o que havia de mais cotidiano. Os crupiês, sentados à ponta da mesa olham para as apostas e ficam fazendo suas contas, é uma trabalheira. Mas são uns canalhas! São franceses, em sua maioria. No entanto, eu estive aqui observando e pondo reparo, mas isso não se deu, de forma alguma, para descrever a roleta; estou me preparando para saber como devo me comportar no futuro. Por exemplo, percebi que não há nada mais comum do que o braço de alguém se esticar para levar embora o que você ganhou. Começa uma discussão, não raro vem um grito, e aí eu quero ver você provar que a pilha era sua, mesmo com a ajuda de testemunhas!

A princípio eu achava tudo isso uma bobagem sem tamanho; de alguma maneira, só conseguia adivinhar que as apostas eram feitas em números, se era par ou ímpar, e também em cores. Daquele dinheiro que Polina Aleksandrovna tinha me dado, resolvi apostar cem florins. Eu me distinguia da massa pela ideia de estar jogando por algo que não era meu próprio ganho. A sensação era extremamente desagradável, e eu queria me livrar dela o quanto antes. Tudo me indicava que, jogando para Polina, eu estava acabando com a minha própria sorte. Seria impossível encostar em uma mesa de jogo sem ser infectado imediatamente pelas superstições? Eu comecei colocando cinco moedas, isso é, cinquenta florins, e os apostei nos números pares. A roleta começou a girar, saiu o número treze; eu tinha perdido. Com a sensação doentia de só querer me livrar daquilo e ir embora, coloquei mais cinco moedas no vermelho. Deu vermelho. Mantive as dez moedas no mesmo lugar e deu vermelho outra vez. Fiz a mesma aposta novamente e novamente deu vermelho. Depois de receber as quarenta moedas, coloquei vinte nos doze números centrais, sem saber o que aconteceria. Pagaram-me o triplo. Dessa forma, ao invés das dez moedas que eu tinha, de repente eu me via com oitenta. Fui tomado por uma sensação intolerável, estranha e extraordinária, de tal forma que resolvi ir embora. Tive a impressão de que eu não teria jogado assim se estivesse jogando para mim mesmo. No entanto, peguei todas as oitenta moedas e coloquei de novo nos pares. Dessa vez saiu quatro, e eles me deram mais oitenta; depois de pegar toda a minha pilha de cento e sessenta moedas de ouro, fui procurar a Polina Aleksandrovna.

Todos estavam passeando no parque, e eu consegui vê-la só à hora do jantar. Dessa vez, o francês não estava por perto, e o general se soltou: entre outras coisas, ele achou necessário me dizer, mais uma vez, que não queria me ver à mesa dos jogos. Na sua opinião, se eu perdesse dinheiro demais, isso o comprometeria: "Ainda que o senhor chegasse a ganhar muito dinheiro, eu também acabaria comprometido – adicionou ele de maneira significativa. – É claro que não tenho o direito de tê-lo ao meu dispor, mas o senhor terá de convir que..." E então ele não terminou sua frase, como lhe era de costume. Eu respondi de maneira seca que eu tinha pouquíssimo dinheiro e que, consequentemente, não poderia perder a ponto de chamar atenção, se é que eu fosse jogar. Chegando no andar de cima, consegui entregar a Polina os seus ganhos e declarei que da próxima vez eu não jogaria por ela.

— E por que não? — perguntou ela.

— Porque quero jogar por mim mesmo — respondi, olhando-a surpreso — e isso me atrapalha.

— Então o senhor continua com sua convicção inabalada quanto à roleta ser o único meio de salvação? — perguntou ela, zombando. Respondi novamente, e muito sério, que sim; no que toca a minha convicção de ganhar sempre, ela poderia ser ridícula, eu concordo, mas pedi "que ela me deixasse em paz".

Polina Aleksandrovna insistiu em compartilhar comigo, meio a meio, os ganhos de hoje, e me deu oitenta moedas de ouro, sugerindo que continuássemos o jogo nessas condições. Eu recusei a metade de maneira obstinada e definitiva, e declarei que não poderia jogar para os outros, não porque não o desejasse, mas porque acabaria perdendo.

— Contudo, por mais tolo que isso possa soar, eu também acredito na roleta — disse ela, pensativa. — E é por isso que o senhor deve continuar jogando e dividindo em dois os ganhos comigo, e, é claro, continuará.

Então ela saiu, sem ouvir o que mais eu tinha a dizer.

CAPÍTULO III

No entanto, ontem ela passou o dia inteiro sem me dizer uma palavra sobre apostas. Em geral, evitou falar comigo nesse dia. Sua antiga conduta comigo não mudou. Ela tinha aquela negligência absoluta no trato quando nos encontrávamos, o qual chegava a ser desdenhoso e irritado. Via de regra ela não queria revelar sua repulsa por mim, e eu sabia. Ainda assim, ela também não escondia que precisava de mim para alguma coisa e que estava me preservando para isso. Nossa relação se desenvolvia de uma forma estranha, que muitas vezes me parecia incompreensível, considerando o orgulho dela e sua arrogância ao lidar com todos. Ela sabia, por exemplo, que eu estava perdidamente apaixonado por ela, até me deixava falar da minha paixão – e é claro que ela não poderia expressar seu desprezo por mim de maneira mais clara do que com essa permissão de que eu lhe falasse do meu amor sem restrições ou censuras. Ela parecia dizer "me importo tão pouco com seus sentimentos que eles são verdadeiramente indiferentes para mim, você pode falar do que quiser comigo e sentir o que bem entender". Falava dos seus assuntos comigo como antes, mas nunca com total sinceridade. Além disso, em sua repulsa por mim havia, por exemplo, um certo refino: suponhamos que soubesse que eu tinha descoberto alguma circunstância da sua vida ou de algo que a preocupasse muito; até poderia me contar, ela mesma, alguma particularidade das suas circunstâncias, se eu pudesse vir a ser útil para que ela atingisse seus objetivos, como um tipo de escravo ou um garoto de recados; mas sempre diria estritamente somente o que uma pessoa empregada na função de mensageiro precisaria saber, e não mais; e se eu não soubesse de toda a cadeia de acontecimentos, se ela mesma percebesse que eu estava sofrendo ou preocupado com as suas dores e inquietações, jamais me daria o prazer de me tranquilizar por completo com uma expressão de franca honestidade, embora, ao me empregar frequentemente nas suas tarefas não só maçantes, mas até perigosas, ela tivesse o dever, na minha opinião, de ser sincera comigo. E de que adiantaria me preocupar com os meus sentimentos, se eu sofro e me preocupo com seus problemas e fracassos, talvez três vezes mais do que ela mesma!?

Eu já ficara sabendo da sua intenção de jogar na roleta com umas três semanas de antecedência. Ela até já tinha me prevenido que eu deveria jogar em seu lugar, porque não seria decente que ela mesma apostasse. Pelo tom de suas palavras, eu notei ali mesmo que estava realmente preocupada com alguma coisa, e não queria apenas ganhar dinheiro. De que lhe importaria o dinheiro! Havia algum objetivo ali, circunstâncias quaisquer que eu poderia vir a adivinhar, mas que até aqui não conhecia. É claro que a minha humilhação e a minha servidão me permitiriam (e com frequência) a indelicadeza de perguntar-lhe diretamente. Já que ela me via como um escravo, já que eu era extremamente insignificante aos seus olhos, então ela não se incomodaria com a grosseria da minha curiosidade. No entanto, se me permitia fazer as perguntas, isso não significava que me daria as respostas. Por vezes sequer as percebia. Essa era a nossa relação!

Ontem nós falamos muito de um telegrama, enviado havia quatro dias para Petersburgo e que ainda não fora respondido. O general estava evidentemente preocupado e pensativo. O assunto era, é claro, a vovó. O francês também estava inquieto. Por exemplo, depois do jantar de ontem, eles tiveram uma conversa muito longa e séria. O tom do francês com todos nós era mais arrogante e displicente do que o comum. Foi justamente como diz o ditado: deu a mão, querem o braço. Ele foi desdenhoso até com Polina, chegando mesmo a ser grosseiro; no entanto, participava com prazer dos passeios gerais ao cassino ou das cavalgadas e das viagens para fora da cidade. Há muito eu conhecia algumas das circunstâncias que ligavam o francês ao general. Ainda na Rússia, eles queriam abrir juntos uma fábrica; não sei se o projeto vingou ou se eles continuam a falar no assunto. Além disso, chegou aos meus ouvidos, por acaso, uma parte do segredo da família: o francês realmente tinha salvado o general no ano passado e deu-lhe trinta mil rublos para completar a quantia necessária para deixar seu cargo público. E, claro, o general se vê nas mãos dele; mas agora, justamente agora, o principal papel ainda assim continua sendo desempenhado pela mademoiselle Blanche, e eu estou convencido de que não me engano nisso.

Mas quem é a mademoiselle Blanche? Corre por aqui que é uma francesa conhecida, e que recebeu de sua mãe uma fortuna colossal. Também é notório que ela tem algum parentesco com o nosso marquês, só que é muito distante, algo como uma prima em segundo ou terceiro grau. Dizem que, antes da minha viagem a Paris, o francês e mademoiselle Blanche se relacionavam de maneira bem mais cerimoniosa, se portavam como se pisassem em ovos; agora a relação de amizade e parentesco deles parece ser um pouco mais rude, um pouco mais próxima. Talvez os nossos assuntos lhes pareçam tão ruins que eles não vejam mais necessidade de manter demasiadas cerimônias e cuidados diante de nós. Anteontem mesmo eu percebi o jeito que mister Astley olhou para a mademoiselle Blanche e sua mãezinha. Tive a impressão de que eles já se conheciam. Também suponho que o nosso francês já tinha se encontrado com mister Astley. Além do mais, mister Astley é tão tímido, envergonhado e calado que quase chega a ser confiável, não lavaria roupa suja fora de casa. Pelo menos, o francês mal lhe faz reverências e quase não olha para ele, quer dizer que não tem medo dele. Isso também seria compreensível; mas por que a mademoiselle Blanche também não olharia para ele? Tanto que ontem o marquês se denunciou: ele de repente disse em nossa roda de conversas, não me lembro o motivo, que o mister Astley é extremamente rico e que ele sabia disso; nessa hora a mademoiselle Blanche olhou para o mister Astley! O general ficou preocupado com tudo. Ficou claro o que o telegrama sobre a morte da tia poderia significar para ele!

Embora estivesse convencido de que Polina evitava conversar comigo, e parecia haver algum motivo, eu mantinha um aspecto frio e indiferente: continuava pensando que ela acabaria vindo até mim. Contudo, ontem e hoje toda a minha atenção esteve voltada principalmente à mademoiselle Blanche. Pobre do general, ele está definitivamente arruinado. Apaixonar-se aos cinquenta e cinco anos, e com tamanha violência, é de fato uma infelicidade. Somam-se a isso também sua viuvez, seus filhos, sua propriedade totalmente devastada, suas dívidas e, por fim, a mulher por quem ele acabou se apaixonando. Mademoiselle

Blanche é linda. Mas eu não sei se me compreenderiam se eu dissesse que ela tem um daqueles rostos que chegam a assustar. Eu, pelo menos, sempre tive medo de mulheres assim. Deve ter uns vinte e cinco anos. É alta e tem o colo largo, seus ombros são cavados, seu pescoço e seu peito são maravilhosos; sua pele é morena clara, os cabelos são negros como tinta nanquim e tão volumosos que daria para fazer dois penteados diferentes. Os olhos são pretos, as escleras ao redor da íris são levemente amareladas, o olhar é impertinente, os dentes alvíssimos, os lábios sempre pintados; e ela emana um aroma de almíscar. Ela se veste muito bem, com roupas caras, em um estilo chique, mas cheio de bom gosto. Seus pés e mãos são magníficos. Sua voz é igual a de uma poderosa contralto. Às vezes ela gargalha e mostrava todos os dentes, mas em geral é calada e atrevida, ao menos ao lidar com Polina e Maria Filippova (um estranho rumor: Maria Filippova voltará para a Rússia). Tenho a impressão de que mademoiselle Blanche é desprovida de qualquer educação, talvez nem seja inteligente, mas é desconfiada e astuta. Também me parece que a vida dela não passou sem aventuras. Para ser sincero, pode ser que o marquês nem seja mesmo seu parente, e a mãe nem seja sua mãe mesmo. Mas há indícios de que, em Berlim, para onde fomos com eles, ela e sua mãe conheciam gente importante. Quanto ao próprio marquês, até agora continuo tendo minhas dúvidas de que ele realmente seja um marquês, mas seu pertencimento à alta sociedade, seja lá de Moscou ou mesmo em algumas cidades da Alemanha, está livre de qualquer sombra de dúvida. Eu me pergunto, e o que ele seria lá na França? Dizem que tem um *château*. Eu achava que nessas duas semanas muita água correria; no entanto, ainda continuo sem saber ao certo, será que entre a mademoiselle Blanche e o general foi dito algo decisivo? Em geral, agora tudo depende da nossa situação, isso é, de se o general conseguirá mostrar que tem muito dinheiro. Se vier a notícia, por exemplo, de que a avó não morreu de verdade, estou certo de que mademoiselle Blanche imediatamente sumirá. Eu mesmo me surpreendo e rio do quão fofoqueiro eu me tornei. Ah, como eu detesto tudo isso! Quanto deleite eu teria em abandonar tudo e todos! Se ao menos eu conseguisse me afastar de Polina, deixar de a espionar! Essa espionagem, claro, é algo abominável, mas que tenho eu a ver com isso!

Também fiquei curioso, ontem e hoje, em relação ao mister Astley. É que estou convencido de que ele ama Polina! É interessante, e mesmo engraçado, quanto o olhar de uma pessoa acanhada e terrivelmente pudica pode expressar, tomada pelo amor, ainda mais justamente naquele momento em que ela preferiria ser engolida pela terra a expressar qualquer coisa, fosse com uma palavra ou um olhar. Geralmente o mister Astley está conosco nos passeios. Ele tira o chapéu e se aproxima de nós, morrendo de vontade, é claro, de se juntar a nós. Se o convidam, ele imediatamente rejeita. Nos pontos de descanso, no cassino, no salão de música ou perto da fonte, ele sempre se detém em algum lugar distante do nosso banco, e onde quer que nós estejamos, seja no parque, no bosque ou em Schlangenberg, basta esticar os olhos, mirar ao redor e, não falha, em algum canto estará o mister Astley, seja em uma aleia próxima ou atrás de um arbusto. Penso que ele buscava uma oportunidade para falar comigo em particular. Hoje de manhã, nós nos encontramos e trocamos duas palavras. Certa feita ele me disse algo de modo extremamente brusco. Sem nem me cumprimentar, falou:

— Ah, a mademoiselle Blanche!... Eu conheci muitas mulheres como a mademoiselle Blanche!

Ele se calou, olhando-me de maneira significativa. Eu não sei o que ele quis dizer, porque à minha pergunta: "O que isso quer dizer?" ele balançou a cabeça ardilosamente e adicionou:

— Mas é assim. Mademoiselle Blanche gosta muito de flores?
— Não sei, não faço ideia — respondi.
— Mas como! O senhor não sabe nem disso! — ele gritou com grande surpresa.
— Não sei, nunca dei atenção — repeti, rindo.
— Hum, isso me dá uma ideia especial.

Então ele balançou a cabeça e seguiu adiante. No entanto, tinha um aspecto satisfeito. Nós nos falávamos na asquerosíssima língua francesa.

CAPÍTULO IV

Hoje foi um dia engraçado, desconjuntado e absurdo. Agora são onze horas da noite. Estou sentado no meu quartinho, lembrando dos ocorridos. Tudo começou de manhã, quando precisava ir à roleta para jogar por Polina Aleksandrovna. Peguei todas as suas cento e sessenta moedas de ouro com duas condições: a primeira foi que eu não queria jogar dividindo os ganhos, ou seja, não pegaria nada do que ganhasse; a segunda foi que à noite Polina me explicaria exatamente para que ela precisava ganhar dinheiro e de quanto exatamente precisava. Ainda assim, não consigo aceitar que seja só pelo dinheiro. No caso, já estava evidente que o dinheiro era algo de que precisava, e o mais rápido possível, por algum motivo particular. Ela me prometeu que me explicaria, por isso eu fui. Os salões estavam terrivelmente lotados. Como todos ali eram insolentes e gananciosos! Eu me espremi no meio daquela gente e fiquei bem do lado do crupiê; então comecei tentar a sorte timidamente, colocando as moedas aos pares ou de três em três. Enquanto isso eu observava e prestava atenção em tudo; fiquei com a impressão de que o cálculo não tinha grandes significados e nem de longe a importância que muitos jogadores lhe davam. Eles ficavam sentados com suas folhinhas pautadas, anotavam os resultados, calculavam, depreendiam as possibilidades, faziam mais cálculos e só depois faziam suas apostas, e... perdiam igualzinho a nós, meros mortais, que jogávamos sem fazer conta alguma. No entanto eu tirei uma conclusão, que me parecia verdadeira: de fato, em meio às possibilidades casuais, parece haver não um sistema, mas como que uma ordem, algo realmente estranho. Por exemplo, pode ser que depois dos doze números centrais venham os doze últimos; suponhamos que a bolinha pare duas vezes em um dos doze últimos e então saia um dos doze primeiros. Depois de cair nos doze primeiros, passa de novo para os doze centrais, saem três, quatro vezes seguidas ali e depois volta novamente para os doze últimos, em que saem duas vezes, passa para os primeiros, sai uma vez ali e outra vez passa para três dos centrais, e continuou assim ao longo de uma hora e meia ou duas horas. Um, três e dois; um, três e dois. É muito divertido. Tem dias, ou manhãs, em que o vermelho dá lugar ao preto, ou o contrário, quase sem qualquer ordem, mudando a cada momento, e então o vermelho ou o preto não sai mais do que duas ou três vezes seguidas. No dia seguinte, ou à noite, só dá vermelho; já aconteceu, por exemplo, de sair vermelho vinte e duas vezes seguidas e continuar assim por um longo período, algo como o dia todo. Aprendi muito disso tudo com o mister Astley, que passou a manhã inteira à mesa dos jogos, mas não pôs nem uma moeda. Quanto a mim, perdi tudo e muito rápido. Logo de cara eu coloquei, de uma vez só, vinte moedas de ouro nos pares e ganhei, coloquei cinco e ganhei outra vez, e foi assim mais umas duas ou três vezes. Acho que passaram pelas minhas mãos cerca de quatrocentas moedas em uns cinco minutos. Nessa hora eu deveria ter ido embora, mas foi nascendo em meu peito uma sensação estranha, como se fosse um desafio ao destino, um desejo estranho de lhe dar um peteleco, de mostrar-lhe a língua. Eu coloquei a maior quantia permitida, quatro mil florins, e perdi. Então, tomado pela euforia, eu peguei tudo o que eu tinha, repeti a jogada e perdi de novo, depois disso me afastei da mesa, como se tivesse sido fulminado por um raio. Eu nem compreendia o que tinha acontecido comigo mesmo e só viria a informar Polina Aleksandrovna da minha perda antes do jantar. Até então fiquei vagando pelo parque.

Durante o jantar eu estava eufórico outra vez, como há uns três dias. O francês e a mademoiselle Blanche jantaram conosco de novo. Pelo jeito a mademoiselle Blanche esteve de manhã nos salões de jogo e assistiu aos meus feitos. Dessa vez ela começou a falar comigo de modo um tanto mais atento. O francês se aproximou diretamente e me perguntou se o dinheiro que eu perdera era só meu. Suponho que ele estava suspeitando de Polina. Em uma palavra, algo não cheirava bem nisso tudo. Eu imediatamente menti e disse que era tudo meu.

O general estava extremamente impressionado e quis saber de onde eu tinha tirado aquele dinheiro todo. Eu expliquei que comecei com dez moedas de ouro, acertei seis ou sete vezes seguidas, dobrando o valor, o que me rendeu cinco ou seis mil florins, e que depois eu perdi tudo em duas jogadas.

Tudo isso, claro, era muito factível. Enquanto explicava, olhei para a Polina, mas não consegui decifrar nada no rosto dela. No entanto, ela deixou que eu seguisse mentindo, sem me corrigir; o que me fez concluir que eu estava certo em mentir e esconder que estava jogando por ela. De qualquer forma, pensei comigo mesmo que ela tinha me prometido explicações e ainda as estava devendo.

Eu pensava que o general me faria alguma reprimenda, mas ele ficou calado; contudo percebi a preocupação e a intranquilidade em seu rosto. Talvez tenha sido difícil para ele, no seu aperto, ficar ouvindo que uma quantidade tão respeitável de ouro tivesse vindo e ido em quinze minutos nas mãos de um tolo tão extravagante quanto eu.

Suspeito que ontem à noite deve ter acontecido algum desentendimento entre ele e o francês. Eles tiveram uma conversa longa e acalorada sobre alguma coisa em privado. O francês saiu como se estivesse irritado, e hoje pela manhã foi ter com o general mais uma vez; provavelmente para continuar a conversa de ontem.

Depois de ficar sabendo da minha perda de ontem, o francês me fez uma ressalva, de maneira ácida e até mesmo maldosa, de que eu precisaria ser mais prudente. Não sei a troco de que ele ressaltou que – embora muitos russos joguem –, na opinião dele, os russos não servem nem para isso.

— E na minha opinião, a roleta só foi criada pensando nos russos — eu disse.

O francês sorriu com desdém para a minha afirmação, então eu argumentei que eu evidentemente estava certo, porque ao falar dos russos como jogadores, estava mais ofendendo que elogiando e, por isso, seria melhor acreditar em mim.

— E em que se fundamenta sua opinião? — perguntou o francês.

— Em que consta, historicamente, na catequese das virtudes e méritos do ocidental civilizado, e por pouco esse não é o ponto principal, a capacidade de acumulação de capital. Mas o russo não só é incapaz de acumular capital, mas chega a gastá-lo à toa e de modo horrendo. Ainda assim, nós, russos, também precisamos de dinheiro — acrescentei —, e consequentemente ficamos felizes e ansiamos visceralmente por essas possibilidades, como a roleta, em que se pode enriquecer de repente, em duas horas, sem precisar de trabalho. Isso nos fascina sobremaneira; por isso jogamos em vão, sem esmero, e acabamos perdendo!

— Em partes, é justo — ressaltou o francês complacentemente.

— Não, não é justo, e o senhor deveria ter vergonha de falar assim da sua pátria — disse o general em tom austero e impositivo.

— Tenha a bondade — respondi-lhe —, então, de fato, ainda não sabemos o que é mais vil: a conduta russa desconjuntada ou o método alemão de acúmulo através do trabalho honesto?

— Que ideia mais odiosa! — exclamou o general.

— Que ideia mais russa! — exclamou o francês.

Eu ri, porque estava cheio de vontade de provocá-los.

— Já eu preferiria passar a vida como um nômade, tendo de meu apenas uma tenda quirguiz[13] — levantei a voz —, a reverenciar o ídolo alemão.

— Qual ídolo? — gritou o general, já começando a se irritar de verdade.

— Do método alemão de acúmulo de riquezas. Não faz muito tempo que estou aqui, contudo o que eu pude, ainda assim, perceber e me certificar de, incomoda a minha natureza tártara. Por Deus, eu não quero ter essas virtudes! Ontem mesmo consegui percorrer uns dez quilômetros na região. Pois bem, é tudo tintim por tintim o que está naqueles livrinhos alemães moralizantes com as ilustrações: em toda parte há um *Vater*,[14] terrivelmente virtuoso e extraordinariamente honesto. Tão honesto que dá até medo de chegar perto. Eu não suporto gente honesta, dessas que dão medo de chegar perto. Cada um desses *Vaters* tem uma família que à noite lê em voz alta esses livros moralizantes. Ao redor da casinha, farfalham os elmos e castanheiros, balançando ao sabor do vento. O pôr do sol, uma cegonha no telhado e tudo é extraordinariamente poético e tocante... Não vá se irritar, general, permita que eu conte de

---

13. Trata-se da iurte, uma tenda circular usada por pastores nômades, como os quirguizes e os cazaques. É composta por uma estrutura de madeira coberta por lã ou feltro. (N.E.)
14. Em alemão no original, "pai". (N.T.)

maneira mais enternecida. Eu mesmo me lembro do meu pai, falecido, que também lia em voz alta para mim e para a minha mãe um livrinho desses, também sob as tílias do nosso jardinzinho... então eu mesmo posso dar uma opinião bem acertada do assunto. Bom, assim como qualquer família das que se vê por aqui, a nossa estava em completa escravidão e dependência em relação ao *Vater*. Todos trabalhavam como bois e todos acumulavam dinheiro como judeus. Por exemplo, o *Vater* já tinha juntado uma quantidade de florins e confiava ao filho mais velho que fosse dar continuidade ao negócio ou um quinhão de terra; para isso, a filha não receberia dote, e permaneceria donzela. Também para isso, o filho mais novo seria vendido para trabalho ou como soldado, e o dinheiro conseguido seria somado ao capital da família. Realmente é assim que se faz por aqui, eu me informei. Nada disso é feito por outro motivo que não a honestidade, essa honestidade extrema, a tal ponto que o filho mais novo, o que foi vendido, acredita que não poderia ser de outro jeito, que o venderam por conta da honestidade; e o ideal chega a ponto de a vítima ficar feliz por ser levada ao altar. E então o que acontece? O filho mais velho também não leva uma vida mais fácil: ele tem uma certa Amalchen a quem seu coração se liga, mas com quem não pode se casar porque ainda não juntou um certo número de florins. Também ficam esperando de maneira comportada e sincera, com um sorriso no rosto enquanto os levam à pira de sacrifícios. A Amalchen acaba com as faces fundas, ressequidas. Por fim, depois de uns doze anos, os bens se multiplicaram, os florins foram se acumulando com honestidade e virtude. O *Vater* abençoa o filho mais velho, já com seus quarenta, e a Almachen de trinta e cinco, com seu peito murcho e o nariz avermelhado... então ele chora, dá uma lição de moral e morre. O mais velho se transforma no próprio *Vater* virtuoso, e a mesma história recomeça. Passados uns cinquenta ou setenta anos dessa forma, o neto do primeiro *Vater* realmente consegue acumular um capital significativo e o entrega ao seu filho, e esse ao próximo, então ao seguinte, e depois de umas cinco ou seis gerações surge um barão Rothschild ou então uma Goppe & Cia,[15] ou sabe Deus o quê. Bom, meus senhores,

---

15. *Importante banco que atuava em Amsterdam e Londres. (N.T.)*

aí está um incrível espetáculo: um ou dois séculos ininterruptos de trabalho, paciência, inteligência, honestidade, caráter, rigidez, cálculos e cegonhas no telhado! O que mais querem, já que não tem nada além disso; e a partir desse ponto, eles mesmos começam a julgar todo o mundo, e executam imediatamente quem considerarem culpados, isso é, aqueles que têm uma coisinha diferente deles. Bom, meus senhores, e é o seguinte: eu bem que prefiro debochar à russa ou arriscar na roleta. Não quero me transformar em uma Hoppe & Cia depois de cinco gerações. Eu preciso do dinheiro para mim mesmo, e não me considero como um meio necessário de acumular capital. Eu sei que cometi terríveis injustiças, mas que seja. Essas são as minhas convicções.

— Não sei se o senhor está muito certo no que está dizendo — adicionou pensativo o general —, mas sei que é insuportável quando lhe dão liberdade demais e o senhor começa a se soltar...

Como lhe era de costume, ele não terminou de falar. Sempre que o nosso general começava a dizer qualquer coisa mais significativa do que uma conversa cotidiana, ainda que fosse um fiapo, jamais chegava a terminar as frases. O francês ouvia sem dar muita atenção, com os olhos levemente abertos. Ele quase não entendeu nada do que eu disse. Polina olhava com uma indiferença arrogante. Parecia que ela não estava prestando muita atenção, e não era só a mim, ela quase não ouvia nada do que se dizia à mesa daquela vez.

CAPÍTULO V

Ela estava mais pensativa do que o normal, mas assim que nos levantamos da mesa, me chamou para acompanhá-la em um passeio. Nós pegamos as crianças e fomos à fonte do parque.

Como eu estava em um ânimo particularmente eufórico, lancei a pergunta de maneira tola e rude:

— Por que o nosso marquês Des Grieux, aquele francesinho, não só tinha deixado de acompanhá-la aonde quer que ela fosse, como sequer lhe dirigia a palavra há dias?

— É porque ele é um crápula — respondeu ela de um jeito estranho.

Eu nunca tinha ouvido ela falar de Des Grieux desse jeito, então fiquei em silêncio, temendo compreender essa irritação.

— Você percebeu como ele estava bem com o general?

— O senhor quer saber o que está acontecendo — respondeu ela em um tom seco e irritado. — O senhor sabe que o general penhorou todas as suas propriedades com ele e, se a vovó não morrer, o francês logo virá cobrar o que tem como garantia para o empréstimo.

— Então é isso mesmo, está tudo penhorado? Eu tinha ouvido falar, mas não sabia se era isso de fato.

— E como não seria?

— Bom, então é adeus à mademoiselle Blanche — ressaltei. — Ela não vai se tornar esposa de um general! E quer saber do que mais, me parece que o general está tão apaixonado que é capaz de atirar na própria cabeça se a mademoiselle Blanche o deixar. A paixão é algo perigoso na idade dele.

— Eu tenho a impressão de que alguma coisa vai acontecer com ele — comentou pensativamente Polina Aleksandrovna.

— E como é impressionante! — exclamei. — Não dá para provar de maneira mais rude que ela só queria se casar com ele por dinheiro. Nem se deram ao trabalho de manter as aparências, tudo ocorreu sem a menor cerimônia. Inacreditável! Quanto à avó, o que poderia ser mais cômico e baixo do que ficar mandando telegrama atrás de telegrama para saber: E então, já morreu, e agora? Enfim, o que acha disso tudo, Polina Aleksandrovna?

— Tudo isso é uma loucura — disse ela, enojada, cortando-me a fala. — Pelo contrário, eu fico horrorizada em vê-lo em tão bom ânimo. Por que está feliz? Por acaso o senhor não perdeu todo o meu dinheiro?

— E pra que a senhora foi me dar dinheiro, se eu perderia? Eu lhe disse que não posso jogar pelos outros, quanto mais pela senhora. Eu obedeceria a todas as ordens que me desse, mas o resultado não depende de mim. Eu tinha avisado que isso não daria certo. Diga, a senhora está abatida assim por ter perdido tanto dinheiro? Para que precisa de tanto?

— Por que está perguntando?

— Mas é que a senhora mesma tinha me prometido explicações... Escuta, estou completamente convencido de que, quando começar a jogar para mim mesmo (e eu tenho doze moedas de ouro), ganharei. Então pode pegar emprestado comigo quanto precisar.

Ela fez uma careta de desdém.

— Não fique brava comigo — continuei — por lhe fazer essa proposta. Eu já cheguei à conclusão de que sou um zero à esquerda aos seus olhos, isso é, na sua opinião; por isso pode até pegar dinheiro emprestado de mim. A senhora não pode se irritar com um presente meu. Além do mais, eu perdi o seu dinheiro.

Ela me lançou um rápido olhar e, percebendo que eu falava em um tom irritado e sarcástico, novamente cortou a conversa:

— Não tem nada que lhe interesse nas minhas atuais circunstâncias. Se o senhor quer saber, eu simplesmente tenho umas dívidas. O dinheiro que eu tinha era emprestado, e eu queria devolver. Eu tive uma ideia maluca e estranha de que eu certamente ganharia ali, no salão de jogos. Não sei por que essa ideia me passou pela cabeça, mas eu acreditei nela. Quem sabe, talvez eu tenha acreditado nela justamente porque não tinha qualquer outra opção.

— Ou porque fosse extremamente *necessário* ganhar. É justamente como o afogado que se agarra a uma palhinha para se salvar. Convenhamos que, se ele não estivesse se afogando, jamais acharia que uma palhinha poderia realmente ser sua salvação.

Polina ficou surpresa.

— Mas como? — perguntou ela. — E o senhor não tem essa esperança? Certa feita, há duas semanas, o senhor mesmo ficou falando e falando de como estava plenamente convicto de que ganharia aqui nas roletas e fez questão de que eu não deveria tomá-lo por um maluco, ou era só brincadeira sua? Mas eu me lembro da seriedade com que o senhor falava, então não daria para achar que era brincadeira.

— É verdade — respondi pensativo —, continuo plenamente convicto de que poderia ganhar. Eu até lhe confesso que agora a senhora me trouxe uma questão: por que, exatamente, a minha perda de hoje, tão tola e chocante, não me deixou nem sombra de dúvida? Eu continuo completamente convencido de que, assim que começar a jogar em meu próprio proveito, certamente ganharei.

— E por que o senhor tem tanta certeza disso?

— Juro que não sei. Eu só sei que *preciso* ganhar, porque essa também é a minha única saída. Bom, talvez seja por isso que tenho certeza de que ganharei.

— Quer dizer, então, que o senhor também está *precisando* muito, já que está tão fanaticamente convencido?

— Eu apostaria que você duvida que estou em condições de sentir uma necessidade real.

— Para mim tanto faz — disse ela em um tom tranquilo e indiferente. — Se quiser, sim, duvido que o senhor se preocupe de verdade com qualquer coisa. Até pode ser que se preocupe, mas não é de verdade. O senhor é uma pessoa confusa e volúvel. Para que precisa de dinheiro? De todas as razões que me apresentou, não encontrei nada sério.

— Aliás — interrompi —, você disse que precisava devolver um dinheiro que pegou emprestado. Deve ser uma baita dívida! É com o francês?

— Que tipo de pergunta é essa? Hoje o senhor está muito abrupto. Será que não está bêbado?

— Você sabe que eu me dou toda a liberdade e, por vezes, faço perguntas de maneira muito direta. Repito, eu sou seu escravo, e não precisa ter vergonha de um escravo, porque ele não tem como ofender uma pessoa.

— Mas que bobagem! Eu não suporto essa sua teoria dos "escravos".

— Note bem que eu não estou falando da minha própria escravidão, porque *quero* ser seu escravo, mas simplesmente falo de um fato que não depende em nada de mim.

— Diga logo, para que precisa de dinheiro?

— E para que a senhora quer saber?

— Como queira — respondeu ela, levantando a cabeça com orgulho.

— Diz que não suporta a teoria da escravidão, mas a exige: "Responda sem questionar!". Está bem, que seja. Para que preciso de dinheiro, a senhora quer saber? Como para quê? Ora, dinheiro é tudo!

— Eu entendo, mas não há razão para perder a cabeça desse jeito só por desejá-lo! O senhor também está chegando a um frenesi, um fatalismo. Então tem alguma coisa aí, algum objetivo em especial. Eu quero que me diga sem rodeios.

Ela parecia estar começando a se irritar, e eu adorava quando ela ficava me questionando naquela intensidade.

— É claro que há um objetivo — disse eu —, mas não sou capaz de explicar qual. É só que com dinheiro eu deixarei de ser um escravo a seus olhos e me tornarei outra pessoa.

— Como é? E como vai conseguir isso?

— Como conseguirei? A senhora nem consegue compreender como, o artifício que eu poderia usar para me tornar uma pessoa aos seus olhos, e não mais um escravo! Mas é justamente isso que não quero, essas surpresas e perplexidades.

— O senhor diz que considera essa escravidão um prazer. Então eu acreditei.

— Acreditou nisso — gritei com um prazer estranho. — Ah, mas como é boa essa sua inocência! Bom, é, é verdade, ser seu escravo é o meu prazer. Sim, tenho prazer nesse mais alto grau de humilhação e insignificância! — continuei no meu delírio. — Só Deus sabe, talvez, se não há prazer em estar sob o chicote quando esse lambe as costas e rasga a carne... Mas talvez eu também queira sentir outros tipos de prazer. Não faz muito tempo, à mesa, o general estava me dando uma lição na sua frente por causa dos setecentos rublos anuais que eu provavelmente nunca receberei dele. E o marquês Des Grieux levantou as sobrancelhas enquanto me olhava e, ainda assim, não percebeu nada. No entanto, da minha parte, será que eu desejo pegar o marquês Des Grieux pelo nariz na sua frente?

— Conversa de moleque. Em quaisquer circunstâncias é possível manter a dignidade. Se ainda assim houver uma briga, então ela o enobrecerá, não será uma humilhação.

— Saiu direto de um livro! Suponha apenas que eu poderia ser incapaz de me portar com decência. Ou seja, eu poderia ser um homem decente, mas não consigo me portar dignamente. Concorda que isso pode acontecer? E todos os russos são assim, sabe por quê? Porque os russos são excessivamente ricos e abençoados em aspectos demais para assumir logo uma forma de se portar dignamente. Aqui é uma questão de forma. A maior parte de nós, russos, é tão profusamente abençoada que precisamos de uma genialidade para termos uma forma adequada. Bom, mas a genialidade não é algo frequente, chega a ser escassa, porque ela geralmente é algo muito raro. Só entre os franceses, e talvez alguns outros europeus, a forma se definiu tão bem que se pode agir de maneira extremamente adequada ao mesmo tempo que se é a pessoa mais indigna. Por isso que a forma tem tanto significado para eles. O francês atura insultos, verdadeiros insultos horrorosos sem fazer uma careta sequer, mas não suportaria um peteleco no nariz por nada, porque isso seria a transgressão das formas do decoro, aceitas e perpetuadas por todos. É por isso que as nossas aristocratas são loucas pelos franceses, porque eles têm uma boa forma. Na minha opinião, no entanto, não têm forma alguma, só a de um galo, *le coq gaulois*.[16] Enfim, não posso entender isso, não sou mulher. Talvez os galos sejam bons também. E eu acabei me enrolando todo, mas a senhora não me interrompeu. Pois interrompa mais vezes; quando eu fico falando sozinho me dá vontade de falar tudo, tudo, tudo. Eu perco toda a forma. Eu até

---

16. *Em francês, "o galo gaulês". Trata-se de uma figura simbólica para os franceses, representando a combatividade, agressividade, valentia e orgulho; bem como o triunfo do dia sobre a noite, anunciado pelo cantar do galo. (N.E.)*

concordo que eu não sou só forma, mas não tenho quaisquer virtudes. Eu estou lhe declarando isso. Nem me preocupo com virtudes. Agora tudo se deteve em mim. A senhora mesma sabe o porquê. Eu não tenho nem um pensamento humano na cabeça. Faz tempo que não sei o que fazer neste mundo, seja na Rússia, seja aqui. Eu passei lá em Dresden e não me lembro nada de Dresden. A senhora mesma sabe o que me arrebatou. Já que não tenho qualquer esperança e, aos seus olhos, sou um zero à esquerda, vou lhe dizer diretamente: eu só tenho olhos para você, e o resto pouco me importa. Por que e como eu te amo, já não sei. Por acaso sabe a senhora que talvez nem sequer seja mesmo bonita? Pode imaginar que eu nem sei se a senhora é bonita ou não, mesmo que seja só de rosto? De fato, seu coração não é bom, a inteligência não é das mais nobres, isso tudo é bem verdade.

— Talvez seja por isso que o senhor quer me comprar com dinheiro — disse ela —, afinal não desconfia da minha nobreza, não?

— Quando eu disse que queria comprá-la? — gritei.

— O senhor se enrolou todo e perdeu o fio da meada. Se não quer me comprar, ao menos pensa em comprar meu respeito com dinheiro.

— Não, não é nada disso. Eu lhe disse que seria difícil de me explicar. A senhora me oprime. Não se irrite com o meu falatório. A senhora entende o motivo pelo qual não pode se irritar comigo: eu sou, simplesmente, doido. E, no entanto, tudo pouco me importa, se quiser, fique brava. Quando eu for subir para o meu quarto, o meu cubículo, só preciso lembrar e imaginar o barulho do seu vestido que já fico a ponto de morder minhas mãos. E por que é que a senhora ficaria brava comigo? Seria por ter me chamado de escravo? Pois faça uso, aproveite a minha escravidão, aproveite! Sabia que eu, um dia desses, matarei a senhora? Não é que matarei por deixar de amar ou por ciúmes, mas simplesmente matarei, assim, só porque a senhora às vezes me dá vontade de comê-la. A senhora está rindo de mim.

— Não estou rindo, de forma alguma — disse ela, indignada. — Ordeno que se cale.

Ela se deteve, mal respirando de tanta raiva. Por Deus, não sei se ela era de fato bonita, mas sempre amei ficar olhando para ela quando estava, como agora, parada diante de mim; e eu também adorava provocá-la para deixá-la com raiva. Talvez ela percebesse isso e ficasse zangada de propósito. Eu lhe disse isso.

— Quanta sujeira! — exclamou ela com repugnância.

— Eu não me importo — continuei. — A senhora também sabia que andarmos por aí juntos é perigoso, várias vezes me deu vontade de te espancar, desfigurar, esganar. E o que acha, que não chegaremos a isso? A senhora me leva à loucura. Acha que temo um escândalo? A sua ira? E de que ela me importa? Eu a amo sem esperanças e sei que depois disso eu vou amá-la mil vezes mais. Se algum dia eu chegar a matá-la, vou precisar me matar também, contudo vou me conter de fazer isso por quanto tempo puder, porque sentirei ao máximo a dor insuportável que seria ficar sem a senhora. Uma coisa inacreditável: eu a amo mais a cada dia, embora isso seja quase impossível. Então como eu poderia deixar de ser um fatalista? Lembra-se, há dois dias, em Schlangenberg, eu lhe sussurrei algo, inebriado pela senhora: diga uma palavra, e eu pulo nesse abismo. Se você tivesse dito aquela palavra, eu teria pulado. Acredita que eu pularia?

— Que verborragia idiota! — exclamou ela.

— Se é inteligente ou idiota não me diz respeito! — exclamei. — Eu sei que, quando estou com a senhora, preciso ficar falando, falando, falando, por isso estou falando. Diante da senhora, perco todo o meu amor-próprio e, para mim, pouco importa qualquer coisa.

— E por que eu mandaria que o senhor pulasse do Schlangenberg? — disse ela em um tom seco e bastante ofendido. — Isso seria completamente inútil para mim.

— Inacreditável! — gritei. — A senhora realmente disse esse magnífico "inútil" para me esmagar. Eu consigo ver através da sua máscara. Inútil, não é? Mas o prazer sempre é útil, e um poder selvagem, incomensurável – ainda que seja sobre uma mosca – também é um tipo de prazer. O ser humano é um déspota por natureza e adora fazer os outros sofrerem. A senhora adora isso a ponto de ser assustador.

Eu lembro que ela olhou para mim com uma atenção particularmente detida. Provavelmente o meu rosto expressava, naquele momento, todas as minhas sensações incoerentes e sem sentido. Está voltando à minha memória que essa nossa conversa aconteceu assim, quase palavra por palavra, como eu descrevo aqui. Os meus olhos ficaram marcados de sangue. Nos cantos da minha boca acumulava-se uma espuma. E quanto a Schlangenberg, juro pela minha honra, mesmo agora: se naquele momento ela tivesse ordenado que eu pulasse, eu pularia! Mesmo que ela o tivesse dito só de brincadeira, desprezo ou maldade, mesmo assim eu pularia!

— Ah, claro, eu acredito no senhor — disse ela, mas de um jeito que só ela era capaz de fazer às vezes, com um tom de escárnio e desdém, com tamanha altivez que, por Deus, eu poderia matá-la ali mesmo. Ela se arriscou. Eu também não menti quando lhe disse isso.

— O senhor não tem medo? — perguntou-me de repente.

— Não sei, talvez eu seja medroso mesmo. Não sei... Há muito não penso nisso.

— Se eu ordenasse que o senhor matasse aquele homem, o senhor mataria?

— Quem?

— Quem eu quisesse.

— O francês?

— Não pergunte, apenas responda, alguém que eu mandasse. Quero saber, o senhor estava falando sério agora há pouco? — Ela esperava uma resposta com tanta seriedade e impaciência que eu senti algo estranho.

— Pois me diga, por fim, o que está acontecendo aqui! — exclamei.
— A senhora tem medo de mim ou algo assim? Eu mesmo estou vendo a desordem que há por aqui. A senhora é a enteada de um homem louco, cuja fortuna se foi e que está tomado pela paixão por Blanche, essa criatura infernal; além disso, tem esse francês, com sua influência secreta, e de repente a senhora me lança com tanta seriedade... uma pergunta dessas. No mínimo eu preciso saber o que há, do contrário só atrapalharei e ainda acabo por fazer alguma coisa. Ou a senhora tem vergonha de me honrar com a sua franqueza? Será que a senhora sente vergonha quando está perto de mim?

— Eu não estou falando de nada disso. Eu lhe fiz uma pergunta e estou esperando a resposta.

— Mas é claro que mataria — exclamei —, seja lá quem fosse, mas será que a senhora poderia... a senhora seria capaz de ordenar isso?

— E o que o senhor acha, que eu teria pena? Eu daria a ordem e ficaria olhando de longe. O senhor suportaria isso? É claro que não, de que jeito! Talvez até matasse conforme eu lhe ordenasse, mas depois viria me matar por ter ousado dar uma ordem dessas.

Essas palavras me acertaram como um golpe na cabeça. É claro que eu considerava aquela pergunta, naquele momento, como um misto de brincadeira e provocação; mas ainda assim ela tinha falado com tanta seriedade. Eu estava realmente impressionado por ela ter afirmado deter esse direito sobre mim, por ela concordar que tinha tanto poder sobre mim a ponto de dizer: "Vá para a sua ruína, que eu vou ficar olhando de longe". Nessas palavras havia algo de cínico e de sincero, o que, na minha opinião, já era muito. Mas então como ela me veria depois disso? Aquilo ia além da escravidão e da insignificância. Depois dessa perspectiva, a pessoa se coloca no mesmo nível. E por mais absurdo, por mais improvável que tenha sido toda a nossa conversa, eu fiquei abalado.

De repente ela caiu na gargalhada. Nós estávamos sentados no banco, as crianças brincavam à nossa frente, nosso banco ficava do outro lado do ponto em que as carruagens paravam para deixar os passageiros na aleia que dava para o cassino.

— Está vendo aquela baronesa gorda? — exclamou ela. — Essa é a baronesa Wurmerhelm. Ela chegou há apenas três dias. Está vendo o marido dela, aquele prussiano alto e seco, ali com a bengala na mão. O senhor se lembra de que ele nos mediu com o olhar há dois dias? Vá agora mesmo até eles, chegue na condessa, tire o chapéu e diga-lhe qualquer coisa em francês.

— Para quê?

— O senhor jurou que saltaria do Schlangenberg, jurou que estaria disposto a matar, se eu ordenasse. Ao invés de todos esses assassinatos e tragédias, eu só quero dar umas risadas. Vá, sem questionar. Eu quero ver o barão lhe dando umas bengaladas.

— A senhora está me provocando, acha que eu não faria isso?

— Sim, estou, agora vá, eu estou mandando!

— Então está bem, eu vou, mesmo que seja só uma ideia maluca. Só que tem uma coisa: isso não vai criar algum desconforto no general, e, por isso, na senhora também? Por Deus, eu não estou preocupado comigo, mas com a senhora, bom, e com o general. E que ideia é essa de ir lá ofender uma mulher?

— Não, pelo que estou vendo, o senhor é um falastrão — disse ela com desprezo. — Agora há pouco estava até com os olhos esbugalhados; no entanto isso só se deu, pelo jeito, porque o senhor bebeu vinho demais no jantar. E acha que eu não sei que isso é idiota e vulgar, e que o general vai se irritar? Eu só quero dar umas boas risadas. Bom, eu quero e pronto! E para você que diferença faz ofender a mulher? É mais provável que lhe deem uma bengalada.

Eu me virei e saí calado para cumprir minha missão. É claro que era uma idiotice e, é claro, eu não poderia deixar de realizá-la, mas quando comecei a me aproximar da baronesa, lembro de ter sido tomado de repente por um sentimento, talvez uma audácia de moleque. Além disso, eu estava terrivelmente irritado, como se estivesse bêbado.

CAPÍTULO VI

Já se passaram dois dias desde aquele dia estúpido. E quanta gritaria, barulheira, confusão, zombarias! E de toda essa desordem, bagunça, tolice e vulgaridade, a razão sou eu. No entanto, às vezes era até engraçado, para mim pelo menos. Eu não sou capaz de relatar o que senti, se estive de fato em um estado de euforia ou se simplesmente me desviei do caminho e agi de maneira indigna, antes que pudessem me deter. Às vezes penso que estou perdendo a cabeça. Outras vezes parece que eu ainda não saí totalmente da infância, dos bancos de escola, e simplesmente continuo com as minhas molecagens grosseiras.

É Polina, é tudo por causa da Polina! Talvez nem fizesse essas molecagens se não fosse ela. Quem sabe, pode ser que eu esteja fazendo tudo isso por desespero (por mais idiota que seja essa ideia, no entanto). E eu não entendo, não entendo o que ela tem! Ela tem um quê de beleza, contudo, é bonita; tenho a impressão de que é bonita. Ela também faz os outros perderem a cabeça. É alta e esbelta. Só que é muito magra. Parece que seria possível dar um nó nela ou dobrá-la ao meio. Os seus pés são finos e compridos, chega a ser uma tortura. De fato, é torturante. Seus cabelos têm um tom ruivo. Os olhos são idênticos aos de um gato, mas como ela sabe usá-los para olhar com orgulho e altivez. Há uns quatro meses, quando eu tinha acabado de começar no trabalho, certa feita ela teve uma conversa longa e acalorada com De Grieux na sala. E ela olhava para ele de um jeito... Depois, quando eu estava deitado na cama, imaginei que ela lhe dava um tapa na cara; assim que o esbofeteou, ficou ali parada, olhando para ele... Foi a partir dessa noite que eu me apaixonei.

Bom, vamos à questão.

Cortei por um atalho até chegar à aleia, fiquei no meio dela esperando a baronesa e o barão. A uma distância de cinco passos, tirei o chapéu e fiz uma reverência.

Eu me lembro que a baronesa usava um vestido de seda com uma armação larga, a cor era de um cinza-claro, com camadas, crinolina e uma cauda. Ela é baixa e extraordinariamente larga, seu queixo é terrivelmente gordo e tem uma papada, a ponto de esconder o pescoço. Seu rosto é avermelhado. Os olhos são pequenos, maus e insolentes. Caminha como se estivesse fazendo um favor a todos. O barão é magro e alto. Como é comum entre os alemães, seu rosto é torto e tem mil ruguinhas. Usa óculos. Quarenta e cinco anos. Suas pernas parecem começar no peito, isso é um sinal de sangue azul. Ele é orgulhoso como um pavão. Um pouco desengonçado. Há um quê de cordeiro em seu rosto, que, a seu modo, lhe dá um ar absorto.

Tudo isso reluziu diante dos meus olhos em três segundos.

A princípio, a minha reverência e o chapéu nas mãos mal lhes chamaram a atenção. Só o barão franziu levemente o cenho. A baronesa só continuou flutuando na minha direção.

— *Madame la baronne* — disse em alto e bom tom, pronunciando bem cada palavra —, *j'ai l'honneur d'être votre esclave*.[17]

Depois eu terminei a reverência, coloquei o chapéu e passei ao lado do barão, virando o rosto em sua direção educadamente enquanto sorria.

Polina havia me mandado tirar o chapéu, mas a molecagem da reverência foi de minha parte. Só o Diabo sabe o que me deu na cabeça. Eu parecia ter pulado de um penhasco.

— *Hein!* — gritou em alemão, ou melhor dizendo, grasnou, dirigindo-me sua irritada surpresa.

Eu me virei e parei em respeitosa expectativa, continuei olhando para ele e sorrindo. Pelo seu aspecto, ele estava sem entender, com suas sobrancelhas levantadas a *nec plus ultra*.[18] Seu rosto ia ficando mais e mais escurecido. A baronesa também se voltou para mim, me olhando em uma incompreensão raivosa. Os transeuntes começaram a observar a cena. Alguns até pararam para ver.

---

17. *Em francês no original, "Senhora baronesa (...) tenho a honra de ser vosso escravo". (N.T.)*
18. *Expressão em latim que significa "limite que não deve ser ultrapassado". (N.E.)*

— *Hein!* — grasnou novamente o barão, com duas vezes mais potência e raiva.

— *Ja wohl*[19] — respondi em tom arrastado, continuando a olhar diretamente nos seus olhos.

— *Sind sie rasend?*[20] — gritou ele, brandindo a bengala e, parecia, começando a sentir um pouco de medo. Talvez a minha roupa o tivesse deixado confuso. Eu estava vestido com dignidade, chegava a ostentar, parecendo alguém completamente imerso no estrato mais digno da sociedade.

— *Ja wo-o-ohl!* — gritei de repente com todas as forças, arrastando a letra "o", como fazem os berlinenses, que dizem esse "ja wohl" o tempo todo, dando mais ou menos ênfase ao "o" para expressar diferentes nuances de pensamentos e sensações.

O barão e a baronesa rapidamente viraram as costas e quase saíram correndo de mim, tamanho o susto. A multidão começou a conversar, alguns me olhavam sem entender nada. Para ser sincero, não me lembro muito bem.

Eu me voltei e caminhei a passos costumeiros até Polina Aleksandrovna. No entanto, ainda há uns cem passos do seu banco, percebi que ela tinha se levantado e estava levando as crianças para o hotel.

Eu a alcancei já na entrada.

— Eu fiz a... tolice — disse depois de chegar até ela.

— E daí? Agora se vire — respondeu, quase sem me olhar, e subiu as escadas.

Eu passei toda aquela noite no parque. Atravessei o parque e depois o bosque até chegar a outro principado. Em um pequeno isbá,[21] comi omelete e bebi vinho: por esse idílio me arrancaram dois táleres e meio.

Só voltei para casa às onze horas. Assim que cheguei, o general mandou me chamar.

Nós ocupávamos dois apartamentos do hotel, que tinham ao todo quatro cômodos. O primeiro era um grande salão com um piano de

---

19. Em alemão, "Isso mesmo". (N.T.)
20. Em alemão, "Ficou maluco?". (N.T.)
21. Habitação construída com troncos típica das regiões rurais russas. (N.E.)

cauda. Ao lado fica outro grande cômodo, o escritório do general. Ele estava me esperando ali, em pé no meio do escritório em uma pose extremamente impactante. Des Grieux estava esparramado no divã.

— Meu caro senhor, permita-me perguntar o que o senhor foi aprontar? — começou o general, dirigindo-se a mim.

— Preferiria, general, que fôssemos direto ao ponto — disse eu. — Suponho que o senhor quer falar do meu encontro com um certo alemão.

— Certo alemão?! Esse alemão é o barão Wurmerhelm, uma pessoa muito importante! O senhor fez uma grosseria imensa com ele e a baronesa.

— De forma alguma.

— Eles tomaram um belo de um susto, meu caro senhor! — gritou o general.

— De jeito nenhum. Quando estive em Berlim, pegou-me no ouvido esse "ja wohl" que viviam repetindo o tempo todo e que arrastam de um jeito horrível. Quando eu me encontrei com ele na aleia, de repente esse "ja wohl" me saltou à memória, não sei por quê, e ficou me atormentando... E essa baronesa já me encontrou três vezes e tem o costume de andar na minha direção como se eu fosse um verme que ela poderia esmagar com o pé. O senhor deve convir comigo que eu também tenho meu amor-próprio. Eu tirei o chapéu e disse educadamente (eu asseguro que foi com educação): *"Madame, j'ai l'honneur d'être votre esclave"*. Quando o barão se voltou e gritou *"Hein!"*, algo me fez gritar também: *"Ja wohl!"* E eu gritei duas vezes, a primeira como de costume, mas a segunda dando ênfase com todas as minhas forças. Foi só isso.

Admito que eu estava terrivelmente satisfeito com aquela explicação, digna de um moleque. Tinha me dado uma vontade impressionante de explicar toda aquela história da maneira mais absurda.

E quanto mais a coisa se arrastava, tanto maior era o meu prazer com aquilo.

— O senhor deve estar caçoando de mim — gritou o general.

Ele se voltou para o francês e lhe disse, no idioma daquele, que eu estava, de fato, tentando explicar a história. Des Grieux sorriu com desdém e deu de ombros.

— Ah, não pense isso, de forma alguma! — gritei ao general — Eu agi mal, é claro, e confesso isso com o mais alto grau de sinceridade. Minha ação pode até ser chamada de tolice e indelicadeza digna de um moleque de escola, mas não mais que isso. E sabe, general, eu estou profundamente arrependido. Mas aqui temos uma única circunstância que quase me absolve até mesmo da culpa. Nos últimos tempos, algo como duas ou mesmo três semanas, eu tenho me sentido mal: doente, nervoso, irritadiço, avoado e, em alguns casos, perco completamente o controle de mim mesmo. É verdade que às vezes de repente me dava uma vontade louca de pegar o marquês De Grieux e... Mas não temos motivos para continuar falando disso, ele poderia se ofender. Em uma palavra, são sinais de doença. Será que a baronesa Wurmerhelm levaria em conta essas circunstâncias, quando eu for pedir-lhe perdão (e eu realmente pretendo pedir-lhe perdão)? Não sei. Suponho que ela não aceitará, principalmente porque, pelo que eu sei, essas condições têm sido usadas de má-fé nos tribunais ultimamente: os advogados de processos criminais começaram a justificar com muita frequência os atos de seus clientes, criminosos, dizendo que eles não se lembram de nada do ato do crime e que isso seria alguma doença. "Fez – dizem eles –, mas não se lembra de nada". E imagine só, general, a medicina concorda, de fato os apoia, porque essa doença realmente existe, uma loucura temporária, em que a pessoa não se lembra de quase nada, ou lembra pela metade ou só de um quarto. Mas o barão e a baronesa são gente de uma geração antiga, são *Junkers*[22] prussianos, aristocratas. Certamente eles não sabem desse processo no mundo jurídico e médico, por isso não aceitarão as minhas explicações. O que acha, general?

— Basta, meu senhor! — interrompeu o general com um tom de indignação contida. — Basta! Eu vou tentar livrá-lo, de uma vez por todas, da sua molecagem. O senhor não vai se desculpar para a baronesa e o barão. Quaisquer relações com o senhor, ainda que fossem somente para o seu pedido de desculpas, seriam demasiadamente humilhantes para eles. Quando o barão ficou sabendo que o senhor está hospedado

---

22. Termo em alemão derivado da aglutinação das palavras "jung" (jovem) e "Herr" (senhor). No caso, usado para se referir a uma classe inferior da nobreza prussiana. (N.E.)

na minha casa, ele veio ter comigo no cassino e, confesso, por pouco não se pôs a exigir explicações. O senhor entende o desconforto que me causou, para mim, meu bom senhor? Eu, eu precisei pedir desculpas ao barão e dei-lhe a minha palavra de que logo, hoje ainda, o senhor seria expulso da minha casa...

— Permita-me, permita-me, general, então isso quer dizer que ele realmente exigiu que eu não ficasse mais na sua casa, é isso que o senhor está dizendo?

— Não, mas eu me considerei obrigado a dar-lhe essa satisfação, e, claro, o barão ficou satisfeito. Nós nos separaremos, meu caro. Pelas minhas contas, o senhor deve receber de mim aquelas quatro moedas de ouro e mais três florins. Aqui está o dinheiro, ali está o papelzinho com as contas, pode conferir. Adeus. A partir de agora nós não nos conhecemos mais. Eu não recebi nada vindo do senhor, além de preocupações e grosserias. Agora vou chamar o *Kellner*[23] e o informarei de que a partir de amanhã não respondo mais pelos seus gastos no hotel. Com isso, tenho a honra de estar às suas ordens.

Eu peguei o dinheiro, o papelzinho em que as contas estavam escritas a lápis, fiz uma reverência ao general e disse-lhe em tom extremamente sério:

— General, isso não pode acabar assim. Eu fico muito triste que o senhor tenha sofrido por causa da indelicadeza do barão, mas – e me perdoe – o senhor é o verdadeiro culpado. Por que razão o senhor resolveu responder por mim ao barão? O que significa dizer que eu pertenço à sua casa? Eu sou só um professor na sua residência, apenas isso. Eu não sou seu filho, não estou sob sua guarda, e o senhor não pode responder pelos meus atos. Juridicamente sou uma pessoa responsável por minhas próprias ações. Eu tenho vinte e cinco anos, tenho formação universitária, sou aristocrata e não tenho quaisquer relações pessoais com o senhor. Somente o meu infinito respeito pelas suas qualidades me impede de exigir, agora mesmo, uma satisfação e maiores explicações sobre os motivos que o levaram a tomar para si o direito de responder por mim.

---

23. Em alemão no original, significa "garçom" ou "criado". (N.T.)

O general ficou tão surpreso que abriu os braços, depois virou-se subitamente para o francês e disse-lhe, apressado, que por pouco eu não o tinha desafiado para um duelo ali mesmo. O francês caiu na gargalhada.

— Contudo não pretendo perdoar o barão — continuei com absoluto sangue frio, sem deixar o riso do monsieur Des Grieux me abalar nem um pouco —, e assim como o senhor, general, resolveu que hoje daria ouvidos às queixas dele e tomou seu lado, por assim dizer, como participante de todo esse caso, então eu tenho a honra de lhe comunicar que, no mais tardar amanhã pela manhã, eu vou exigir dele, em meu próprio nome, que me preste contas formais dos motivos que o levaram, tendo um assunto a resolver comigo, a ir queixar-se a meu respeito com outra pessoa, como se eu não pudesse ou não fosse digno de responder por mim mesmo.

Aconteceu justamente o que eu previ. Ao ouvir essa nova bobagem, o general acovardou-se terrivelmente.

— Mas como, será que o senhor pretende prolongar esse assunto maldito! — gritou ele. — Olhe o que o senhor está fazendo comigo, ah, por Deus! Não ouse, não ouse, meu caro, ou eu juro!... Aqui também há autoridades, e eu... eu... enfim, conforme o meu posto... e o barão também... enfim, o senhor será preso e o levarão daqui com a polícia para que não faça um escândalo! Preste bastante atenção nisso! — Embora a raiva o sufocasse, ele continuava terrivelmente assustado.

— General — respondi com uma tranquilidade que lhe era insuportável —, não se pode prender alguém por um escândalo antes que o escândalo aconteça. Eu nem comecei a dar minhas explicações ao barão, e o senhor ainda nem sabe qual é o teor e com que fundamentos eu pretendo agir nesse caso. Eu só desejo esclarecer uma suposição, para mim bastante ofensiva, de que eu estaria sob a guarda de outra pessoa que teria poder sobre a minha vontade. O senhor não tem motivos para se preocupar e inquietar tanto assim.

— Pelo amor de Deus, pelo amor de Deus, Aleksei Ivanovitch, abandone essa intenção sem sentido! — balbuciou o general, trocando subitamente o seu tom indignado por outro, suplicante, e até me pegou pela mão. — Pense, imagine o que vai sair disso? Mais um problema! Convenhamos, eu devo me portar aqui de uma certa maneira, principalmente agora!... Principalmente agora!... Ah, o senhor não sabe, não sabe da minha situação!... Quando nós formos embora daqui, estou disposto a contratá-lo novamente. Só estou agindo assim por enquanto, bom, enfim – o senhor bem sabe dos motivos! — gritou ele, desesperado. — Aleksei Ivanovitch, Aleksei Ivanovitch!...

Eu me retirei em direção à porta, insisti mais uma vez que não se preocupasse, prometi que tudo correria bem e de maneira decente, e então me apressei para ir embora.

Às vezes, quando estão no estrangeiro, os russos são extremamente covardes e têm um medo terrível do que os outros vão falar e de como vão olhar para eles, e se seria decente fazer isso ou aquilo. Em suma, agem como se vestissem um espartilho, principalmente os que se dão ares de importância. Eles adoram é algum tipo de regra de conduta pré-estabelecida que possam seguir de maneira servil, seja nos hotéis, passeios, reuniões, viagens... Mas o general tinha deixado escapar que ele estava em uma situação delicada e, além de tudo, precisava "se portar de uma maneira precavida". Foi por isso que ele se acovardou assim, de repente, e mudou o tom que usava comigo. Eu percebi isso e tomei nota. É claro que, no dia seguinte, ele poderia fazer alguma tolice e ir se queixar às autoridades, por isso eu precisava ser muito cuidadoso nessa situação.

Por outro lado, eu não queria perturbar demais o general; mas agora estava com vontade de irritar a Polina. Ela agiu comigo de uma maneira tão cruel ao me jogar em um caminho tão tolo, que estava tomado pelo desejo de levá-la ao ponto em que ela mesma pediria que eu parasse. No fim das contas, a minha molecagem a comprometeria também. Além disso, eu sentia que se formavam em mim umas certas sensações e desejos diferentes; por exemplo, se a minha força de vontade se apagava voluntariamente diante dela, isso não significaria, de forma alguma, que eu era um molenga com todos e, claro, tampouco que o barão poderia "me dar bengaladas". Tinha vontade de rir de todos eles e ainda sair por cima de tudo isso. Eles vão ver só. Não perdem por esperar! Ela vai se assustar com o escândalo e vai me chamar para conversar de novo. Mas eu não vou conversar, assim todos vão ver que eu não sou um molenga...

(Uma notícia impressionante: acabei de ficar sabendo pela nossa ama, que encontrei nas escadas, que a Maria Filíppovna partiu hoje sozinha, sem qualquer acompanhante, no trem vespertino para Karlsbad, onde vai se encontrar com uma prima. Que notícia é essa? A ama disse que há muito ela vinha se preparando para isso; mas como é que ninguém ficou sabendo disso? No entanto, talvez eu fosse o único a não saber disso. A ama falou, acidentalmente, que Maria Filippovna teve uma conversa séria com o general anteontem. Eu compreendo, sim senhor. Certamente é a mademoiselle Blanche. Pois é, algo decisivo está para acontecer por aqui.)

CAPÍTULO VII

Pela manhã, eu chamei o *Kellner* e pedi que mandassem a minha conta para mim mesmo. O meu quarto não era tão caro a ponto de eu me assustar e ter de sair correndo do hotel. Eu tinha dezesseis moedas de ouro, e então... então, quem sabe, ficaria rico! É estranho que eu ainda nem tivesse ganhado, mas agia, sentia e pensava como se fosse rico, nem poderia me imaginar de outra forma.

Apesar de ser muito cedo, eu queria ir agora mesmo ver o mister Astley no Hôtel D'Angleterre, que é bem perto do nosso, quando inesperadamente Des Grieux entrou em meu quarto. Isso nunca tinha acontecido, e além disso, nos últimos tempos, eu e esse senhor tínhamos uma relação das mais distantes e tensas possível. Ele claramente não escondia seu desdém por mim, sequer tentava fazê-lo; e eu, eu tinha minhas próprias razões para não reclamar dele. Em suma, eu o odiava. Sua vinda ao meu quarto muito me surpreendeu. Eu imediatamente percebi que algo de extraordinário estava acontecendo.

Ele entrou de maneira muito amável e me fez um elogio pelo meu quarto. Ao ver que eu estava com o chapéu nas mãos, me perguntou se já ia sair para passear assim tão cedo. Quando ouviu que eu estava indo ter com o mister Astley a negócios, ele pensou um pouco, compreendeu, e o seu rosto assumiu um aspecto extremamente preocupado.

Des Grieux era como todos os franceses, isso é, alegre e amável, quando isso lhes é necessário ou proveitoso, mas insuportavelmente chato quando a necessidade acabava. Raramente um francês é naturalmente amável; ele sempre é amável como que obedecendo a uma ordem, por cálculo. Por exemplo, se ele vê a necessidade de ser fantasioso, original, fora do comum, então sua imaginação, que é das mais tolas e artificiais, se compõe de formas predeterminadas e que há muito já perderam o vigor. Quando age naturalmente, o francês é composto de uma positividade da mais burguesa, mesquinha e cotidiana; enfim, é o ser mais tedioso do mundo. Na minha opinião, só as mocinhas, e principalmente as senhoritas russas, são atraídas pelos franceses. Qualquer um que esteja mais acostumado à vida em sociedade perceberia imediatamente, e tomaria por insuportável, a rigidez dessa aderência às maneiras de salão, já estabelecidas, de amabilidade, frivolidade e leveza.

— Eu vim resolver um assunto com o senhor — disse ele de maneira extremamente independente, embora não deixasse de ser educada — e não vou esconder-lhe que venho como uma espécie de embaixador, ou melhor, de intermediador em favor do general. Como eu falo muito mal o russo, quase não entendi nada ontem; mas o general me explicou tudo em detalhes e confesso que...

— Mas escute, monsieur Des Grieux — eu o interrompi —, o senhor mesmo é quem decidiu ser o intermediador. Eu, é claro, sou "un outchitel", diria o senhor, e nunca pretendi ter a honra de ser um amigo próximo daquela família ou de ter quaisquer relações particularmente íntimas com eles, e por isso não conheço todas as circunstâncias; mas me explique uma coisa: será que o senhor já se tornou, de fato, um membro dessa família? Afinal, por que mais o senhor tomaria parte de tudo, sempre assumindo prontamente a função de mediador...

A minha pergunta não lhe soou bem. Ela era demasiadamente clara para ele, e ele não queria deixar escapar algo que o comprometesse.

— Minha relação com o general se dá, em parte, por negócios, bem como por *certas circunstâncias específicas* — disse ele em tom seco. — O general me mandou para pedir que o senhor abandone seus planos de ontem. Tudo o que senhor pensou, certamente, é de grande agudeza; mas ele veio até mim, especificamente, para que eu lhe demonstrasse que o senhor não alcançará seus objetivos; pior ainda, o barão não vai recebê-lo, e além do mais, ele possui todos os meios para evitar posteriores desconfortos de sua parte. Convenhamos. Diga-me o senhor, continuar para quê? O próprio general promete que vai recebê-lo novamente em sua casa quando as circunstâncias forem favoráveis; e até que isso aconteça, ele vai manter-lhe os rendimentos, *vos appointements*. É um acordo bastante favorável, não é verdade?

Respondi-lhe de maneira extremamente tranquila que ele estava um pouco equivocado; que talvez o barão nem me enxotasse de sua casa e, pelo contrário, até me ouvisse; e pedi ao francês que confessasse que, na verdade, ele tinha vindo para tentar descobrir o seguinte: como eu abordaria a questão de fato?

— Ah, meu Deus, se o general está tão interessado, então certamente ele gostaria de descobrir o que e como você o faria, não é? Isso é bem natural!

Comecei a explicar, e ele se pôs a ouvir, esparramado no divã e com a cabeça levemente inclinada na minha direção e um evidente tom de ironia em seu rosto, que nem se preocupava em dissimular. Em geral, ele agia de maneira extremamente altiva. Eu empregava todas as minhas forças para fingir que lidava com a situação de uma perspectiva séria. Expliquei que, como o barão tinha ido se queixar ao general de mim, como se eu fosse um criado desse, então, em primeiro lugar, ele havia me privado do meu emprego; em segundo, havia me tratado como alguém incapaz de responder por si mesmo e com quem não vale a pena conversar. É claro que eu estava ofendido e tinha razão para isso; no entanto, por compreender a diferença de idade, posição social etc. etc. (aqui eu mal segurei o riso), eu não queria tomar para mim mais uma leviandade, isto é, exigir explicações diretamente do barão, nem mesmo sugerir-lhe isso. Ainda assim, eu me considerava totalmente no direito de apresentar-lhe, e especialmente à baronesa, as minhas desculpas, principalmente por que eu realmente vinha me sentindo, nesses últimos tempos, bastante mal de saúde, fraco, avoado etc. etc. No entanto, o barão foi ter com o general e fez seu pedido, tão ofensivo para mim, de que eu fosse demitido; com isso, ele me colocou em uma situação na qual já não poderia pedir desculpas a ele ou à baronesa, porque ambos, e toda a sociedade, certamente pensariam que eu tinha ido pedir desculpas por medo, para conseguir reaver meu emprego. Dessa forma, agora eu me encontrava em uma situação em que eu precisava que o barão viesse me pedir desculpas primeiro, e o fizesse com as expressões razoabilíssimas; por exemplo, ele diria que não tinha o desejo de me ofender. E quando dissesse isso, eu então me veria com as mãos desatadas, e poderia apresentar-lhe as minhas desculpas sinceras, vindas do fundo do meu coração. Em suma, concluí, eu só queria que o barão me desatasse as mãos.

— Nossa, quanta delicadeza e sutileza! E pelo que o senhor se desculparia? Convenhamos, monsieur... monsieur... convenhamos que o senhor está tramando tudo isso para envergonhar o general... e talvez tenha algum objetivo específico... *Mon cher monsieur, pardon, j'ai oublié votre nom, monsieur Alexis? N'est ce pas?*[24]

— Mas permita-me, *mon cher marquis*,[25] e o que o senhor tem a ver com isso?

— *Mais le général...*[26]

— E o que tem o general? Ontem ele me disse que eu deveria agir de certa forma... e também estava tão preocupado... mas eu não entendi nada.

— É que tem aí, bom, realmente existe uma circunstância específica — replicou Des Grieux em um tom de súplica, em que cada vez mais se ouvia a nota de irritação. — O senhor conhece a mademoiselle De Cominges?

— Isso é, a mademoiselle Blanche?

— Bom, é, a mademoiselle Blanche de Cominges... *et madame sa mère...*[27] convenhamos, o general... em suma, o general está apaixonado e até:.. até pode ser que aconteça um casamento aqui mesmo. E imagine o tipo de escândalos, os boatos que surgiriam...

— Eu não vejo nisso nada de escandaloso, nem boatos no que diz respeito a um casamento.

— Mas *le baron est si irascible, un caractère prussien, vous savez, enfin il fera une querelle d'Allemand.*[28]

— Nesse caso, o assunto se resolverá comigo, e não com o senhor, porque eu já não pertenço à família... — eu tentava ser o mais incoerente possível. — Mas, permita-me, então está resolvido que a

---

24. *Em francês no original, "Meu caro senhor, perdoe, eu me esqueci o seu nome, é senhor Aleksei? Não é isso?". (N.T.)*
25. *Em francês, "meu caro marquês". (N.T.)*
26. *Em francês, "Mas o general...". (N.T.)*
27. *Em francês, "e a senhora sua mãe...". (N.T.)*
28. *Em francês, "o barão é irascível, tem um caráter prussiano, você sabe, enfim, ele fará um escândalo à moda alemã". (N.T.)*

mademoiselle Blanche vai se casar com o general? E o que estão esperando? Quero dizer, por que estariam escondendo isso, ao menos de nós, dos que são de casa?

— Eu não poderia lhe dizer... além do mais, não é bem assim... no entanto... o senhor sabe que estão esperando notícias lá da Rússia; o general precisa resolver uns assuntos...

— Ah, ah! *La baboulinka*!

Des Grieux me encarou com ódio no olhar.

— Em suma — interrompeu-me —, confio totalmente na sua natural amabilidade, na sua inteligência, no seu tato... Com certeza o senhor fará isso pela família em que foi recebido como um filho, foi amado e respeitado...

— Ora, por favor, eu fui expulso! Agora o senhor vem me dizer que foi só pelas aparências; mas convenhamos que se lhe dissessem: "É claro que eu não quero puxar suas orelhas, mas permita-me que, pelas aparências, eu puxe suas orelhas...", concorda que quase dá no mesmo?

— Mas se for assim, se nenhum pedido tiver qualquer influência sobre o senhor — começou ele em um tom austero e arrogante —, então permita-me assegurar-lhe de que medidas serão tomadas. Por aqui também há autoridades, vão deportá-lo ainda hoje – *que diable! Un blanc-bec comme vous*[29] quer desafiar a um duelo uma pessoa como o barão! E o senhor por acaso pensa que o deixarão em paz? Pois acredite que ninguém aqui tem medo do senhor! Se eu lhe fiz um pedido, eu o fiz mais de minha parte, porque o senhor perturbou o general. E, por acaso, por mero acaso, o senhor pensa que o barão não vai simplesmente mandar um lacaio enxotá-lo?

— Mas é que eu não irei pessoalmente — respondi com uma tranquilidade extrema —, o senhor está enganado, monsieur des Grieux, tudo isso vai acontecer de uma maneira muito mais digna do que o senhor está pensando. Agora mesmo eu vou falar com o mister Astley e pedirei que ele seja o meu intermediário, em suma, o meu *second*, meu padrinho no duelo. Essa pessoa me adora e, certamente, não recusará

---

29. *Em francês, "mas que diabo! E um moleque como o senhor". (N.T.)*

meu pedido. Ele irá até o barão, e esse o receberá. Já que eu realmente sou *un outchitel* e pareço um tanto *subalterne* e sem resguardo, mas o mister Astley é sobrinho de um lorde, de um lorde de verdade, todos sabem disso; ele é o sobrinho do lorde Peabroke, que está aqui inclusive. Acredite em mim, então, que o barão será educado com o mister Astley e lhe dará ouvidos. E se não o fizer, o mister Astley certamente tomará isso como uma ofensa pessoal (o senhor sabe como os ingleses são insistentes) e mandará algum amigo seu visitar o barão, e ele tem boas amizades. Agora reconsidere o que acontecerá, pois o caso pode não se resolver como o senhor está supondo.

O francês realmente tinha se acovardado; de fato, tudo isso parecia mesmo ser verdade, e tudo indicava que eu realmente tinha o poder para criar uma situação desagradável.

— Mas eu estou lhe pedindo — começou ele em um tom totalmente suplicante —, pare com tudo isso! Parece que o senhor quer criar confusão! O senhor não quer explicação nenhuma, mas justamente uma confusão! Eu já lhe disse que tudo isso seria divertido e até perspicaz e que, talvez, consiga atingir o seu intento, mas, em suma — concluiu ele, vendo que eu tinha me levantado e estava pegando o chapéu —, eu vim para lhe transmitir essas duas palavras de uma certa pessoa; leia, então, pois fui encarregado de esperar a resposta.

Ao dizer isso, ele tirou do bolso e me entregou um bilhetinho dobrado e selado. A caligrafia era de Polina.

"Tenho a impressão de que o senhor pretende continuar com essa história. O senhor está nervoso e começou a aprontar das suas molecagens. Mas há certas circunstâncias particulares nisso que talvez eu lhe explique depois; enquanto isso, por favor, pare com isso e se acalme. É tudo uma grande bobagem! Precisa me escutar, e o senhor mesmo prometeu fazê-lo. Lembre-se de Schlangenberg. Peço que seja obediente e, se necessário, é uma ordem.

Da sua,
P.

P.S.: Se estiver bravo comigo por ontem, perdoe-me."

O JOGADOR

Foi como se a minha perspectiva tivesse mudado completamente depois de ler essas linhas. Meus lábios ficaram pálidos e eu comecei a tremer. O maldito francês ficou me olhando com um aspecto profundamente discreto e desviou os olhos de mim, como se não quisesse ver a minha vergonha. Teria sido melhor que ele risse da minha cara.

— Está bem — respondi —, diga à mademoiselle que fique tranquila. Permita-me, no entanto, perguntar — adicionei bruscamente — por que o senhor demorou tanto para me dar esta carta? Ao invés de ficar falando essas bobagens todas, me parece que o senhor deveria ter começado com isso... Considerando que o senhor veio justamente para isso.

— Ah, mas eu queria... isso tudo é tão estranho, como um todo, então o senhor precisaria desculpar a minha natural impaciência. Primeiro eu queria saber do senhor, pessoalmente, quais eram as suas intenções. Contudo eu não sei o que tem nesse bilhete e pensei que não haveria pressa para entregá-lo.

— Eu entendo, o senhor pura e simplesmente recebeu a ordem de entregar isso só em último caso, e apenas se não me convencesse só com suas próprias palavras, então deveria me entregar. Não é isso? Fale a verdade, monsieur Des Grieux!

— *Peut-être*[30] — disse ele, com um aspecto particularmente retraído e olhando para mim de um jeito bastante estranho.

Peguei o chapéu; ele acenou com a cabeça e foi embora. Eu tinha a impressão de que seus lábios se encurvaram em um sorriso de deboche. E como poderia ser diferente?

— Nós ainda vamos acertar as contas, francesinho; logo vamos ficar quites! — murmurei enquanto descia as escadas. Eu ainda não conseguia entender nada, parecia que tinha levado uma pancada na cabeça. O ar fresco me acalmou um pouco.

Passados cerca de dois minutos, comecei a pensar com um pouco mais de clareza, e surgiram-me duas ideias: a primeira era que por causa de toda essa bobagem, dessas molecagens ditas à véspera, todos tinham ficado alarmados! A segunda: qual seria, no entanto, a influência desse

---

30. *Em francês, "Pode ser". (N.T.)*

francês sobre Polina? Bastava uma palavra sua e ela fazia tudo o que ele precisava, chega a escrever um bilhete e até me fez um pedido. É claro que a relação deles sempre foi um mistério para mim, desde o começo, desde que começamos a nos conhecer; contudo nesses últimos dias eu percebi que ela nutria verdadeira repulsa por ele, e chegava ao desdém; já ele sequer olhava para ela e só a tratava de maneira rude. Eu percebi isso. A própria Polina me falou dessa repulsa; ela já tinha deixado escapar algumas confissões extremamente significativas... Isso quer dizer que ele simplesmente a tem sob seu domínio, que ele a mantém em rédea curta...

CAPÍTULO VIII

Na *promenade*, como chamam aqui, ou seja, na aleia ladeada de castanheiras, eu encontrei o meu inglês.

— Oh, oh! — ele começou, quando me viu. — Eu estava indo vê-lo, enquanto o senhor vinha me visitar. Então já se despediu dos seus?

— Primeiro me diga como soube disso tudo — perguntei, surpreso —, será que todos já estão sabendo?

— Ah, não, ninguém sabe de nada; e não vale mesmo a pena que isso venha a público. Ninguém falou nada.

— Então como o senhor soube?

— Eu só fiquei sabendo, isso é, calhou de eu descobrir. E aonde o senhor está indo agora? Eu o adoro e, por isso, vim vê-lo.

— O senhor é uma pessoa admirável, mister Astley — disse (no entanto, eu estava terrivelmente surpreso e fiquei pensando: como é que ele ficou sabendo?) —, e como eu não tomei café ainda, e pelo jeito o senhor comeu muito pouco, então vamos juntos ao cassino para tomar café, fumar, e eu lhe contarei tudo, e... o senhor também.

O café ficava a cem passos dali. Trouxeram as xícaras, nos sentamos e eu acendi um cigarro; o mister Astley não fumou nada, mas se preparou para me ouvir, com os olhos vidrados em mim.

— Eu não vou a lugar algum, ficarei por aqui mesmo — comecei.

— Eu tinha certeza de que o senhor ficaria — pronunciou mister Astley em tom de aprovação.

Quando eu estava a caminho do quarto de mister Astley, não tinha qualquer intenção, e sequer tinha vontade, de contar-lhe qualquer coisa a respeito do meu amor por Polina. Em todos esses dias eu não lhe dissera quase nada sobre o assunto. Além do mais, ele era muito retraído. Desde a primeira vez eu percebi que Polina tinha lhe causado uma impressão tremenda, mas ele nunca mencionou o nome dela. Contudo era estranho que, assim de repente, bastou que ele se sentasse e fixasse em mim o seu olhar metálico para surgir em mim, sabe-se lá por quê, uma vontade de lhe contar tudo, isso é, o meu amor e todas as suas nuances. Eu fiquei falando sem parar por meia hora, o que me foi extremamente prazeroso, era a primeira vez que contava tudo isso! Quando percebi que ele ficava constrangido em certos pontos mais ardentes, eu reforçava de propósito a ardência da minha história. Só me arrependo de uma coisa: talvez eu não devesse ter contado uma certa coisa sobre o francês...

O mister Astley ficou ouvindo, sentado diante de mim, sem se mover, sem dizer uma palavra, sem fazer barulho, olhando fundo nos meus olhos; mas quando eu falei do francês, ele subitamente me interrompeu e me perguntou em tom rígido: será que eu estaria no meu direito ao fazer referência a essa estranha ocorrência? O mister Astley sempre fazia perguntas de um jeito muito estranho.

— O senhor tem razão, temo que não tenha esse direito — respondi.

— Quanto a esse marquês e à miss Polina, o senhor não poderia dizer nada específico, além dessas suposições?

Novamente fiquei perplexo com uma pergunta tão categórica vinda de uma pessoa tão tímida quanto mister Astley.

— Não, nada em específico — respondi —, de fato, nada.

— Se é assim, então o senhor está agindo mal não só em falar disso comigo, mas até mesmo por ficar pensando nessas coisas.

— Está bem, está bem! Eu reconheço, mas agora esse não é o tema — interrompi, embora continuasse surpreso.

Então eu lhe contei de todo o acontecido do dia anterior nos mínimos detalhes, a viagem de Polina, minha aventura com o barão, a minha demissão, a extraordinária covardia do general e, por fim, contei em pormenores a visita de Des Grieux que tinha recebido hoje e todos os detalhes. Por fim, mostrei-lhe o bilhete.

— E então, a que conclusão o senhor chega? — perguntei. — Eu vim justamente para saber o que pensa disso tudo. Quanto a mim, me parece que eu teria matado esse francesinho e talvez eu realmente o faça.

— Também me parece — disse mister Astley. — Quanto à miss Polina... o senhor sabe que é possível ter uma relação mesmo com gente que odiamos, se for uma necessidade. Nesse caso, talvez existam relações que o senhor desconhece, relações que dependem de circunstâncias estranhas. Penso que o senhor pode ficar tranquilo, ao menos em parte, é claro. Já em relação ao pedido dela de ontem, realmente, é estranho, mas não porque ela quisesse se separar do senhor, mandando-o levar bengaladas do barão (o que, aliás, não consigo entender, por que ele não usou a bengala, se ela estava ali à mão), mas porque um disparate desse tipo é inconveniente para uma... miss tão impressionante. É claro que ela não poderia ter adivinhado que o senhor cumpriria o ridículo desejo dela tão à risca.

— Sabe do que mais? — exclamei de repente, olhando fixamente para o mister Astley. — Estou com a impressão de que o senhor já ouviu toda essa história, e sabe de quem? Da própria miss Polina!

O mister Astley me olhou surpreso.

— Os seus olhos estão cintilando, e eu vejo neles um brilho de suspeita — disse ele e imediatamente retomou sua tranquilidade anterior —, mas o senhor não tem o menor direito de expressar suas suspeitas. Eu não posso reconhecer esse direito e me recuso absolutamente a responder à sua pergunta.

— Já basta! Também nem precisava! — gritei, estranhamente preocupado e sem entender muito bem por que aquela ideia tinha me surgido! E quando, onde, de que forma Polina teria escolhido mister Astley como confidente? Nos últimos tempos, no entanto, eu tinha perdido mister Astley de vista, e a Polina sempre foi um mistério para mim, um mistério tão grande que, por exemplo, depois de me soltar e contar toda a história do meu amor ao mister Astley, e justamente durante essa conversa, eu fiquei estarrecido por não poder encontrar nada de preciso e positivo para falar das nossas relações. Pelo contrário, tudo era fantasioso, estranho, sem fundamentos, e, realmente, não se parecia com nenhuma outra.

— Bom, está bem, está bem; eu perdi a mão e por enquanto tem muita coisa que não consigo entender — respondi, como se estivesse sem ar. — No entanto, o senhor é um homem bom. Falemos agora de outro assunto, eu quero lhe pedir não bem um conselho, mas uma opinião.

Depois de um breve silêncio, retomei.

— Na sua opinião, por que o general se acovardou daquele jeito? Por que a minha tolíssima molecagem os levou a criar uma situação dessas? Uma situação em que até mesmo Des Grieux achou imprescindível interferir (e ele se metia apenas nos casos mais importantes), ele foi me visitar (veja só!), me pediu, implorou – e justo ele, Des Grieux, vindo a mim! Por fim, veja só, ele chegou às nove horas, um pouco antes, e já tinha nas mãos o bilhete da miss Polina. Minha pergunta é: quando ele foi escrito? Vai ver que acordaram a miss Polina só para isso! Tenho impressão de que a miss Polina é escrava dele (posto que ela até me pediu perdão!); de mais a mais, o que ela tem a ver com tudo isso, ela pessoalmente? Por que ela tem tanto interesse? Por que eles têm medo do barão? E o que tem de especial no casamento do general com a mademoiselle Blanche de Cominges? Eles dizem que precisam se portar de um *certo modo* por força das circunstâncias, mas que circunstâncias seriam essas, o senhor há de convir comigo! O que pensa de tudo isso? Pelo seu olhar, percebo que está convencido de que sabe mais do que eu!

Mister Astley sorriu e meneou a cabeça.

— Pelo jeito, eu realmente sei muito mais disso do que o senhor — disse ele. — Tudo está diretamente ligado ao caso de mademoiselle Blanche, eu estou convencido de que essa seja a verdade.

— E o que tem a mademoiselle Blanche? — exclamei impaciente (de repente me surgiu uma esperança de que agora se revelaria alguma coisa de mademoiselle Polina).

— Tenho a impressão de que a mademoiselle Blanche, na atual conjuntura, possui um particular interesse em evitar um encontro com o barão e a baronesa, porque esse encontro seria muito desagradável, pior até, escandaloso.

— Pois veja só!

— Há dois anos, a mademoiselle Blanche já esteve aqui em Roletemburgo na época da alta temporada. E eu também estava aqui. À época mademoiselle Blanche não se chamava mademoiselle de Cominges, e sua mãe, a madame viúva Cominges, não existia, de certa forma. Pelo menos ela ainda não era mencionada. O Des Grieux também não era Des Grieux. Eu estou profundamente convencido de que eles não são parentes, e sequer se conhecem há muito tempo. Des Grieux se tornou marquês muito recentemente, e eu acredito que seja por uma única razão. Até se poderia supor que ele começou a se chamar de Des Grieux há pouco. Eu conheço uma pessoa aqui que o encontrou ainda com outro nome.

— Mas ele não tinha um círculo de amizades realmente sólido?

— Ah, pode até ser que tenha. Até a mademoiselle Blanche poderia tê-lo. Mas há dois anos, por uma queixa dessa mesma baronesa, a mademoiselle Blanche foi convidada pela polícia local a deixar a cidade, ao que ela acatou prontamente.

— Como assim?

— A primeira vez que ela veio foi com um tipo italiano, um príncipe de nome histórico, talvez Barberini ou algo assim. O sujeito estava coberto de anéis e brilhantes, e nem eram falsos. Eles passeavam em uma carruagem magnífica. A mademoiselle Blanche jogava no *trente et quarante*, e ganhava bastante, depois a sua sorte começou a mudar profundamente, se não me falha a memória. Eu me lembro de uma noite em que ela perdeu um montante extraordinário. O pior de tudo, no entanto, foi *un beau matin*[31] em que o tal príncipe simplesmente desapareceu; os cavalos também sumiram, mesmo a carruagem, tudo sumiu. A dívida no hotel era astronômica. A mademoiselle Sèlma (ao invés de Barberini ela virou, de repente, mademoiselle Sèlma) mergulhou no último nível do desespero. Ela urrava e berrava por todo o hotel, rasgando suas roupas de tanto ódio. Nesse mesmo hotel havia um conde polonês (todos os poloneses que viajam são condes), e a mademoiselle Sèlma, que ficava rasgando suas roupas e arranhava seu rosto, como uma gata, com aquelas lindas e perfumadas mãos, causou no conde uma forte impressão. Eles conversaram um pouco, e até a hora do jantar ela já estava consolada. À noite ele apareceu no cassino de braços dados com ela. A mademoiselle Sèlma ficava dando suas gargalhadas altas, como lhe é de costume, e suas maneiras se mostravam mais soltas. Ela se juntou ao grupo das senhoras que jogavam à roleta, daquelas que se aproximam

---

31. *"Um belo dia"*, em francês. (N.E.)

da mesa e tiram um jogador usando toda a força dos ombros para garantir um lugar. Por aqui, essas senhoras consideram essa conduta como algo particularmente chique. Com certeza o senhor as notou, sim?

— Oh, sim.

— Mas nem valeria a pena. Para a vergonha do público decente, elas não saem daqui, pelo menos não as que ficam trocando notas de mil francos nas mesas. Contudo, assim que param de trocar as notas, são imediatamente convidadas a se retirar do estabelecimento. A mademoiselle Sèlma ainda continuou trocando notas, mas ela continuava em uma onda de azar. Pode ver que essas senhoras geralmente têm muita sorte; elas possuem um incrível autocontrole. Contudo, a minha história está chegando ao fim. Certa feita, exatamente como o príncipe, o conde desapareceu. À noite, a mademoiselle Sèlma foi jogar sozinha; dessa vez ninguém lhe ofereceu o braço. Dois dias depois ela tinha perdido tudo. Depois de apostar sua última moeda de ouro, e perder, ela olhou ao redor e viu que o barão Wurmerhelm estava por ali, e que ele lhe lançava um olhar muito atento e indignado. Mas a mademoiselle Sèlma não percebeu a indignação e, com seu famoso sorriso, foi ao barão e pediu-lhe que apostasse dez moedas de ouro no vermelho. Por causa disso, e graças à queixa da baronesa, naquela mesma noite ela foi convidada a não frequentar mais o cassino. Se você está surpreso por eu saber desses detalhes minuciosos e realmente inconvenientes, pois isso realmente aconteceu, sei porque os ouvi diretamente do mister Feeder, um parente meu, que levou em sua carruagem a mademoiselle Sèlma de Roletemburgo para Spa. Agora veja só: a mademoiselle Blanche queria ser esposa de um general, talvez para nunca mais receber um convite como esse que ela recebeu dos guardas do cassino há dois anos. Ela já não joga mais, mas, ao que tudo indica, isso se dá porque agora ela tem um grande capital, que empresta a juros para quem quiser apostar. Isso é muito mais razoável. Inclusive, eu até suspeito de que o pobre general esteja devendo dinheiro. Talvez até Des Grieux deva alguma coisa. Pode ser que Des Grieux esteja em sociedade com ela. Convenhamos que, pelo menos até o casamento, ela não gostaria de chamar a atenção da baronesa e do barão. Em suma, na situação dela um escândalo seria o acontecimento menos proveitoso possível. O senhor pertence à casa deles, e suas ações poderiam causar esse escândalo, ainda mais porque ela vem à público todos os dias de braços dados com o general ou com a miss Polina. Agora está entendendo?

— Não, não estou! — exclamei e bati na mesa com todas as forças, o que provocou um barulho tamanho que o garçom veio correndo, assustado. — Diga, mister Astley — repeti, perplexo —, se o senhor já sabia de tudo isso e, consequentemente, conhecia muito bem quem era a mademoiselle Blanche de Cominges, como é que o senhor não avisou, se não a mim, ao menos o general e, principalmente, a miss Polina para que ela não fosse ao cassino, em público, de braços dados com a mademoiselle Blanche? Será possível isso?

— Eu não tinha por que lhe avisar, já que o senhor não poderia fazer nada — respondeu tranquilamente o mister Astley. — Além do mais, avisar de quê? Talvez o general saiba até mais do que eu sobre o passado da mademoiselle Blanche, e mesmo assim fique passeando com ela e com a miss Polina. O general é um homem infeliz. Ontem eu vi que a mademoiselle Blanche estava cavalgando um lindo cavalo, acompanhada pelo monsieur Des Grieux e por aquele príncipe russo baixinho, enquanto o general seguia atrás deles em um cavalo de pelo avermelhado. Pela manhã, ele disse que suas pernas estavam doendo, mas que a cavalgada tinha sido boa. E nesse mesmo instante percebi como era um homem que estava completamente arruinado. Por outro lado — mister Astley se lembrou subitamente —, eu já lhe disse que não posso reconhecer seu direito de fazer certas perguntas, embora eu sinceramente adore o senhor...

— Já basta — disse, me levantando —, agora já está claro como o dia, para mim, que mesmo a miss Polina sabe de tudo da mademoiselle Blanche, mas que ela não pode se afastar do seu francês, e por isso resolveu passear com a mademoiselle Blanche. Acredite que ninguém mais poderia influenciá-la a passear com essa mademoiselle e a me implorar em um bilhete para não importunar o barão. Isso se deve justamente por essa influência, à qual todos abaixam a cabeça! E, no entanto, foi ela mesma quem me jogou contra o barão! Mas que diabo, não dá para entender nada!

— O senhor está se esquecendo que, em primeiro lugar, essa mademoiselle de Cominges é a noiva do general; e, em segundo lugar, que a miss Polina é a enteada dele e tem duas crianças pequenas, um irmão e uma irmã, ambos filhos do general, que foram largados à própria sorte por esse doido e, ao que tudo indica, serão despojados.

— Sim, sim! É verdade! Afastar-se das crianças significaria abandoná-las por completo; permanecer seria proteger os interesses delas, e talvez salvar parte da propriedade. Sim, sim, isso é tudo verdade! Mas ainda assim, francamente! Ah, agora eu estou entendendo por que todos eles estão interessados na vovozinha!

— Em quem? — perguntou mister Astley.

— Naquela bruxa velha de Moscou que não morre de jeito nenhum, mas eles continuam na esperança de um telegrama avisando do falecimento.

— Ah, sim, é claro, todos os interesses convergem nela. Tudo depende da herança! Assim que for anunciada a herança, o general se casará; e a miss Polina se livrará do problema, mas o Des Grieux...

— Mas e o que tem o Des Grieux?

— O Des Grieux também vai ganhar algum dinheiro; ele só está aqui para isso.

— Só para isso! O senhor acha que ele está aqui só para isso?

— Eu não sei de mais nada. — Mister Astley se calou obstinadamente.

— Mas eu sei, sei sim! — repeti enraivecido. — Ele também está esperando a herança, porque a Polina vai receber um dote, e, assim que ela receber, imediatamente cairá nos braços dele. As mulheres são todas assim! E as mais orgulhosas acabam sendo as mais baixas servas! A Polina só é capaz de amar apaixonadamente, mais nada! Essa é a minha opinião sobre ela! Olhe bem para ela, principalmente quando ela estiver sentada sozinha, mergulhada em pensamentos: está escrito, predestinado, amaldiçoado! Ela é capaz de todos os horrores da vida, das paixões... ela... ela... mas quem é que está me chamando? — exclamei de repente. — Quem está gritando? Eu ouvi alguém gritando em russo: Aleksei Ivanovitch! É uma voz de mulher, escute, preste atenção!

O JOGADOR

Naquele momento nós estávamos chegando ao nosso hotel. Há muito que tínhamos deixado o café, quase sem nos darmos conta disso.

— Eu ouvi gritos de mulher, mas não sei quem estava me chamando; os gritos eram em russo, mas agora estou vendo de onde eles vieram — apontou mister Astley —, aquela mulher estava gritando, aquela sentada em uma grande poltrona posta sobre rodas, que vários criados acabam de carregar escada acima até o pórtico. Logo atrás deles estão trazendo umas malas, quer dizer que o trem acabou de chegar.

— Mas por que ela está me chamando? Está gritando de novo, olha lá, está acenando para nós.

— Ela está acenando mesmo — disse mister Astley.

— Aleksei Ivanovitch! Aleksei Ivanovitch! Ah, meu senhor, mas que idiota! —ecoavam os gritos desesperados vindos do pórtico.

Nós quase saímos correndo para chegar à entrada. Cheguei na plataforma e... minhas mãos despencaram de espanto, meus pés pareciam pregados nas pedras do caminho.

CAPÍTULO IX

Na plataforma superior do largo pórtico do hotel, os criados carregaram uma mulher em uma poltrona com rodas, aquela estava rodeada pelos seus criados particulares e pelos empregados do hotel; o próprio *Oberkellner*[32] veio ao encontro daquela importante hóspede, cuja chegada foi marcada pelo barulho, comoção e pela presença dos seus muitos criados particulares e pela infinidade de baús e malas. Aquela mulher, que estava sentada como em um trono, era *a avó*! Sim, era ela mesmo, terrível e riquíssima, era Antonida Vassilevna Tarassievitcha, uma proprietária e nobre moscovita de setenta anos; *la baboulinka*, que tinham deixado para trás, de quem o telegrama dizia que estava naquele morre-não-morre e que agora subitamente acabava de chegar em pessoa, surgindo aqui de repente como neve que cai do céu. Embora tivesse vindo sem poder andar, ela chegou como de costume nos últimos cinco anos, carregada em sua poltrona; mas, como também lhe era costumeiro, agitada, cheia de energia e orgulho, ela estava sentada com uma postura impecável, gritando a plenos pulmões e de maneira autoritária e brigando com todos; enfim, estava exatamente igual às duas ocasiões em que tive a honra de vê-la, depois que comecei a trabalhar na casa do general como professor. Naturalmente eu estava petrificado de surpresa diante daquela figura. Ela me fitou com seus olhos de lince, reconheceu-me a cem passos de distância, enquanto a carregavam na sua poltrona sobre rodas, e me chamou aos berros por nome e patronímico,[33] o que também era de seu feitio, e bastava ouvir uma única vez

---

32. *Em alemão no original, "mordomo-chefe". Empregado responsável pela supervisão dos Kellners, ou mordomos. (N.T.)*
33. *Essa forma de tratamento é considerada bastante respeitosa na cultura russa. No entanto, a senhora não trata Alexei pelo pronome respeitoso, e sim de maneira informal (você). A recíproca, no entanto, não é verdadeira, pois Alexei a trata de maneira mais formal, chamando-a por "a senhora". (N.T.)*

para que ela os memorizasse para sempre. "E era essa pessoa que eles esperavam ver no caixão em um funeral, depois de ter dividida a herança! - esse pensamento correu-me pela cabeça. – Mas ela vai viver mais do que todos nós e mesmo que todo o hotel! Mas, por Deus, agora o que será do nosso grupo, o que será do general! Agora ela vai virar esse hotel inteiro de ponta cabeça!"

— E então, meu querido, para que ficar aí parado com esses olhos esbugalhados! — a avó continuou gritando para mim. — Não consegue mais fazer uma reverência e cumprimentar, ou o quê? Será que ficou tão orgulhoso assim, ou só não tem vontade? Vai ver não me reconheceu? Está vendo, Potápytch — disse, se voltando para um velhinho já grisalho que vestia um fraque, gravata branca e tinha uma careca rosada; era seu mordomo, que a acompanhara na viagem. — Está vendo, ele nem me reconhece mais! Eles já me enterraram! Ficaram mandando telegrama atrás de telegrama, só perguntando se eu já estava morta ou ainda respirava! Olha que eu estou sabendo de tudo! E eu, como está vendo, estou muito bem, obrigada.

— Me perdoe, Antonida Vassilevna, por que eu lhe desejaria algum mal? — respondi alegre, recuperando-me do susto. — A senhora só me pegou de surpresa...

— E o que tem de surpreendente pra você? Eu peguei e vim. O trem é tranquilo, mal balança. E você foi passear, é isso?

— Sim, eu fui ao cassino.

— O tempo aqui está gostoso — disse ela, olhando em volta —, está quente e as árvores estão carregadas. Eu adoro isso! Os nossos estão em casa? E o general?

— Ah! A essa hora, todos devem estar em casa.

— E mesmo aqui eles têm isso de horário, cheios de cerimônia? Estão se dando ares de importância. Ouvi dizer que andam por aí de carruagem, *les seigneurs russes!*[34] É só pegar um resfriado e lá se vão pro estrangeiro! E a Praskóvia[35] está com eles?

— Sim, a Polina também está.

---

34. *Em francês no original, "os senhores russos!". (N.T.)*
35. *A avó usa a forma mais tradicionalmente russa do nome de Polina. (N.T.)*

— E aquele francesinho? Bom, vou eu mesma vê-los todos. Aleksei Ivanovitch, mostre o caminho, vou agora mesmo lhes fazer uma visita. E você está gostando daqui?

— Até que sim, Antonida Vassilevna.

— E você, Potápytch, diga àquele imbecil, o *Kellner* ali, que me coloque em um apartamento confortável, bonito, que não fique muito alto, e diga para levarem as minhas coisas para lá imediatamente. E por que todos ficam querendo me carregar por aí? O que é que eles têm na cabeça? É cada escravo que a gente encontra! E esse aí com você, quem é? — disse ela, voltando-se para mim novamente.

— Este é o mister Astley — respondi.

— E quem é esse tal de mister Astley?

— É um viajante, um bom amigo, é conhecido do general.

— É um inglês. Então é por isso que não tira os olhos de mim, mas também não abriu o bico. Eu, por outro lado, adoro os ingleses. Está bom, podem me levar para cima, direto para o apartamento deles, onde fica?

Levaram a avó, eu ia na frente, subindo as largas escadas do hotel. A nossa procissão causou um grande efeito. Todos que nos encontravam ficavam estarrecidos e paravam para olhar. O nosso hotel era considerado o melhor de todos, o mais caro e aristocrático em toda a região. Pelas escadas e corredores, sempre havia damas maravilhosas e ingleses importantes. Muitos iam se informar com o *Oberkellner* lá embaixo, que, por sua vez, estava muito impressionado. É claro que ele respondia a todos dizendo que era uma estrangeira importante, *une russe, une comtesse, grande dame,* e que ela ocuparia a mesma residência que, uma semana antes, era ocupada por *la grande duchesse de N***.*[36] A principal razão do poderoso efeito causado pela figura imponente e grandiosa da avó, era que ela estava sendo carregada por aí em uma poltrona. Sempre que encontrava um rosto novo, ela imediatamente o fitava com olhar curioso e perguntava-me em voz alta a respeito de todos. A avó era de um porte alto, e embora não se levantasse do assento, era possível pressupor, só de olhar para ela, que era

---

36. *Em francês, "uma russa, uma condessa, uma grande dama, e (...) a grande duquesa de N***". Como se nota, o título da duquesa é suprimido. (N.T.)*

extremamente alta. Ela mantinha a coluna reta, como uma tábua, sem tocar no encosto das costas. Tinha os cabelos grisalhos, sua cabeça era grande, e ela a mantinha erguida, seu rosto era marcado por traços grossos e abruptos; seu olhar chegava a ser arrogante e desafiador; e notava-se que sua expressão e trejeitos lhe eram completamente naturais. Apesar de seus setenta e cinco anos, tinha um rosto de aspecto bastante fresco e até os seus dentes estavam em boas condições. Ela trajava um vestido preto de seda e uma touca branca.

— Ela me parece extremamente interessante — sussurrou-me o mister Astley, correndo para me alcançar.

"Ela está sabendo dos telegramas – pensei –, até mesmo do Des Grieux, mas parece que não sabe muita coisa a respeito da mademoi--selle Blanche." Eu imediatamente informei isso ao mister Astley.

Como sou pecador! Assim que a minha primeira impressão de surpresa passou, fiquei profundamente alegre com a bomba que nós jogaríamos na casa do general. Eu me sentia revigorado e seguia adiante cheio de alegria.

O nosso grupo estava alocado no quarto andar; eu não anunciei a chegada, nem mesmo bati à porta, mas simplesmente a escancarei, e carregaram a avó para dentro de maneira triunfal. Como que propositalmente, todos estavam no escritório do general. Era meio-dia e parecia que todos estavam planejando uma visita, uns iriam de carruagem, outros a cavalo, todos estavam acompanhados, inclusive de alguns conhecidos. Além do general, Polina e as crianças, suas babás, também estavam no escritório: Des Grieux, mademoiselle Blanche, novamente vestida para a equitação, sua mãe, a madame viúva Cominges, o principezinho e mais um alemão acadêmico, que estava viajando e que eu nunca vira com eles antes. A poltrona da avó foi colocada bem no meio do escritório, a três passos do general. Meu Deus, nunca me esquecerei daquela cena! Quando nós entramos, o general estava falando alguma coisa, e Des Grieux lhe corrigia. Vale ressaltar que a mademoiselle Blanche e Des Grieux não desgrudavam do principezinho já fazia uns dois ou três dias, *à la barbe du pauvre général*;[37] e o grupo, ainda que talvez de modo artificial, estava todo imbuído de um espírito alegre

---

37. *Em francês, "debaixo do nariz do pobre general". (N.T.)*

e familiar. Assim que viu a avó, o general ficou perplexo, seu queixo caiu e ele parou no meio da palavra que proferia. Ele fixou seus olhos esbugalhados nela, como se tivesse sido enfeitiçado pelo olhar de um basilisco. A avó olhou para ele, também em silêncio, e não moveu um músculo, mas seu olhar era terrivelmente triunfante, desafiador e zombeteiro! Ficaram se olhando por uns dez segundos marcados a relógio, respeitados pelo silêncio de todos os presentes. Des Grieux começou a ficar petrificado, mas logo seu rosto assumiu um aspecto extraordinariamente tranquilo. A mademoiselle Blanche levantou as sobrancelhas, boquiaberta, e lançou um olhar estranho à avó. O príncipe e o acadêmico contemplavam o quadro completamente perdidos. No olhar de Polina expressava-se uma tremenda surpresa e confusão, mas ela ficou subitamente pálida como um lenço; no momento seguinte, o sangue rapidamente subiu-lhe às faces e corou suas bochechas. Era, de fato, uma catástrofe para todos! Eu só fiquei ali, passando os olhos da avó para os demais presentes. Mister Astley permaneceu distante com a dignidade tranquila que lhe era costumeira.

— E cá estou! No lugar do telegrama! — ribombou a avó por fim, rompendo o silêncio. — O que foi, não esperavam por mim?

— Antonida Vassilevna... titia... o que, mas como... — balbuciou o infeliz general. Mas se a avó não tivesse dito nada por mais alguns segundos, ele provavelmente acabaria tendo um derrame.

— Como assim "mas como"? Eu peguei um trem e vim. Afinal a ferrovia serve para quê? E vocês estavam achando que eu esticaria as canelas e deixaria uma herança para vocês? Eu sei muito bem que você ficou mandando aqueles telegramas daqui. Eu imagino a fortuna que deve ter gastado nisso. Não fica barato enviar nada daqui. Pois botei o pé na estrada e vim para cá. Esse aí é o tal francês? Monsieur Des Grieux, não é isso?

— *Oui, madame* — respondeu Des Grieux —, *et croyez, je suis si enchanté... votre santé... c'est un miracle... vous voir ici, une surprise charmante...*[38]

---

38. *Em francês*, "Sim, madame (...), e acredite, estou muito encantado... a sua saúde... é um milagre... a senhora vir até aqui é uma surpresa encantadora...". (N.T.)

— Sei bem quão *charmante*; eu te conheço, seu palhaço, não ponho nem isto aqui no fogo por você! — E ela mostrou-lhe o mindinho. — E essa daí quem é? — Ela virou apontado para a mademoiselle Blanche. — A francesa vistosa ali em trajes de equitação e com o chicotinho, pelo jeito eu causei uma bela impressão nela. Ela é daqui ou o quê?

— Essa é a mademoiselle Blanche de Cominges, e aquela é a mãe dela, a madame de Cominges, elas estão hospedadas aqui no hotel — expliquei.

— A filha está casada? — perguntou a avó sem fazer cerimônias.

— A mademoiselle de Cominges ainda é senhorita — respondi da maneira mais respeitosa possível e, propositalmente, à meia voz.

— É alegre?

Eu não tinha entendido a pergunta.

— Ela é chata? Entende russo? Aquele Des Grieux deu um jeito de ter aprendido nossa língua lá em Moscou, fala mal, mas ele se vira.

Eu expliquei-lhe que a mademoiselle de Cominges nunca tinha ido à Rússia.

— *Bonjour!* — disse a avó, dirigindo-se abruptamente à mademoiselle Blanche.

— *Bonjour, madame* — a mademoiselle Blanche dobrou os joelhos em uma reverência cerimoniosa e elegante, expressando com seus trejeitos uma modéstia e educação fora do comum, todo o seu rosto e sua figura demonstravam extrema surpresa com aquela pergunta e o tratamento tão estranhos.

— Ah, baixou os olhos, está agindo com afetação e cerimônia; a árvore se conhece pelos frutos; é uma atriz qualquer. Eu vou ficar aqui embaixo neste mesmo hotel — subitamente se dirigiu ao general —, serei sua vizinha; gostou?

— Oh, titia! Acredite nos meus sentimentos sinceros... na minha satisfação — respondeu o general. Ele já tinha se recuperado parcialmente, a julgar pela sua capacidade de falar bem, do seu jeito empolado e com a pretensão de causar certo efeito, então ele começou a se soltar. — Nós estávamos tão preocupados e abatidos pelas notícias da sua saúde... Os telegramas nos deixavam tão desesperançosos, e de repente...

— Que mentira, quanta mentira! — a avó cortou abruptamente.

— Mas como — o general também se apressou para interromper e levantou a voz, fingindo não ter notado aquele "que mentira" —, mas como a senhora resolveu fazer uma viagem dessas? Convenhamos que na sua idade e com a sua saúde... Ao menos isso seria tão inesperado que chega a ser compreensível nossa surpresa. Contudo estou tão feliz... e nós todos — continuou, abrindo um sorriso cheio de comoção e entusiasmo — empregaremos todas as nossas forças para que a senhora tenha uma temporada agradabilíssima por aqui...

— Está bem, já chega. É uma ladainha vazia. Como de costume, você está enrolando. Eu consigo me virar sozinha. No mais, não os quero longe de mim, não guardo rancor. Você me perguntou de que maneira eu vim. E o que tem de surpreendente nisso? Da maneira mais simples possível. E mesmo assim todos ficam surpresos. Olá, Praskóvia. O que você está fazendo aqui?

— Olá, vovó — disse Polina, aproximando-se dela —, a viagem foi longa?

— Ora, vejam só, essa aqui fez uma pergunta mais inteligente que qualquer um aqui; os outros ficam só no ai, mas ai! Bom, então fique sabendo: eu ficava deitada, só deitada, e os médicos cuidando, tratando, então mandei-os embora e chamei o sacristão da igreja de Nicolau. Ele tinha usado palhiça para curar uma mulher que tinha a mesma doença. Enfim, ele foi e me ajudou; no terceiro dia eu estava toda suada e me levantei. Depois vieram novamente os alemães, botaram os óculos e ficaram dissimulando: "Agora se a senhora fosse – diziam – viajar para o estrangeiro e passar uma longa temporada em uma estação de águas termais, suas obstruções estariam curadas". E, pensei, por que não ir? Então uns idiotas completos ficaram exclamando: "De que jeito a senhora, diziam, vai chegar lá!". Enfim, aqui está o jeito! Em um dia eu juntei minhas coisas e na semana passada, na sexta-feira, peguei a mocinha ali, o Potápytch, o Fiódor, que é lacaio, mas mandei o Fiódor de volta quando chegamos em Berlim, porque percebi que não estava precisando dele, e eu teria chegado até mesmo se viesse sozinha... Reservei um vagão particular, e todas as estações têm carregadores, que por vinte copeques levam tudo até onde você mandar. Agora estou vendo esse lugar que você escolheu! — ela concluiu olhando ao redor. — De onde você tirou todo esse dinheiro, hein, paizinho? Justo você que penhorou tudo que tinha. Deve estar devendo uma bela quantia para esse francesinho! Olha que eu estou sabendo de tudo, de tudo mesmo!

— Eu, titia... — começou o general, completamente perplexo — eu estou surpreso, titia... parece que consigo, mesmo sem o controle dos outros... então os meus gastos não são maiores que os meus rendimentos, e nós estamos aqui...

— Não são superiores? Isso é o que você está dizendo! Já deve ter arrancado os últimos copeques dessas crianças! Que belo tutor, hein?

— Depois disso, depois dessas palavras... — começou o general, indignado — eu já nem sei...

— Lógico que você não sabe! Será que não sai daqui por causa da roleta? Já perdeu tudo?

O general ficou tão perplexo que por pouco não engasgou ao tentar responder.

— Da roleta! Eu? Na minha condição... Eu? Pense bem, mãezinha, a senhora ainda não deve estar muito bem...

— Ah, quanta mentira, quanta mentira, ninguém consegue te tirar de lá, isso que disse é tudo mentira! Ainda hoje vou ver o que essa roleta tem de mais. Você aí, Praskóvia, diga-me o que tem para ver por aqui, e o Aleksei Ivanovitch também vai me mostrar; e você, Potápytch, anote todos os lugares que temos de ir. O que tem para ver aqui? — disse ela dirigindo-se subitamente para Polina.

— Aqui perto ficam as ruínas de um castelo, depois tem o Schlangenberg.

— O que é esse tal de Schlangenberg? É um bosque ou o quê?

— Não, não é um bosque, é uma montanha; lá tem o pico...

— E o que é esse tal pico?

— É o ponto mais alto da montanha, é um lugar cercado. A vista de lá é única.

— E será que carregariam a poltrona lá pra essa montanha? Será que carregam lá pra cima?

— Ah, dá para encontrar uns carregadores — respondi.

Nessa hora a Fiedóssia, a ama, veio cumprimentar a vovó e trouxe consigo as crianças do general.

— Está bom, não precisa beijar! Não gosto de beijar crianças, elas são todas melequentas. Bom, e como você está, Fiedóssia?

— Aqui é muito, muito bom, mãezinha Antonida Vassilevna — respondeu Fiedóssia —, e como a senhora está, mãezinha? Nós ficamos tão preocupados com a senhora.

— Eu sei, você é uma alma simples. Mas o que é isso aí, vocês sempre estão com visitas, é? — Ela se voltou novamente para Polina. — E quem é aquele baixinho ali de óculos?

— É o príncipe Nilski, vovó — sussurrou-lhe Polina.

— É russo? E eu achando que não me entenderiam! Não deve ter me ouvido! O mister Astley eu já tinha visto. E olha ele ali de novo. — A avó o viu. — Saudações! — disse ela voltando-se de repente para ele.

Mister Astley fez uma reverência em silêncio.

— E o que o senhor me diz de bom? Diga alguma coisa! Traduza isso para ele, Polina.

A Polina traduziu.

— De bom apenas que tenho grande prazer em ver a senhora e fico feliz que esteja com saúde — respondeu o mister Astley em um tom sério, mas com muita prontidão. Traduziram para a avó, e ela ficou com uma expressão satisfeita.

— Como os ingleses sempre respondem bem — ressaltou ela. — Por alguma razão eu sempre adorei os ingleses, não têm comparação com os francesinhos! Venha até mim — ela se dirigiu novamente ao mister Astley. — Tentarei não incomodar muito o senhor. Traduza o seguinte para ele, diga-lhe que eu estou aqui embaixo, aqui embaixo, escuta, aqui embaixo, embaixo — repetia ela ao mister Astley, apontando para baixo com um dedo.

O mister Astley ficou extremamente satisfeito com o convite. A avó lançou um olhar atento e satisfeito para a Polina, olhando-a de alto a baixo.

— Eu até poderia amá-la, Praskóvia — disse ela de repente —, você é uma moça magnífica, a melhor de todas, mas você tem um gênio que... nossa! Se bem que eu também sou geniosa; vire-se, por favor, isso daí não é uma peruca, é?

— Não, vovó, são naturais.

— Está bem, eu não gosto dessa moda idiota de hoje em dia. Você é muito bonita. Se eu fosse um cavalheiro, me apaixonaria por você. E por que não se casa? Se bem que, por outro lado, já deu minha hora. Quero passear, porque até agora eu só ficava vendo vagão, vagão... E você, ainda está irritado? — disse ela, dirigindo-se ao general.

— Por favor, titia, já chega! — respondeu o general, já se recuperando. — Eu entendo que na sua idade...

— *Cette vieille est tombée en enfance*[39] — sussurrou-me Des Grieux.

— Eu quero ver tudo por aqui. Você permite que o Aleksei Ivanovitch me acompanhe? — continuou a avó ao general.

— Ah, o quanto precisar, até eu mesmo... e a Polina e o monsieur Des Grieux... Todos, todos nós teríamos prazer em acompanhá-la...

— *Mais, madame, cela sera un plaisir*[40] — disse Des Grieux com um sorriso encantador.

— Sei bem o *plaisir*. Eu te acho engraçado, paizinho. No entanto, não vou te dar um copeque — adicionou ela, de repente, ao general. — Está bom, agora vou para o meu apartamento, preciso examinar tudo, e depois vamos ver todos esses lugares de que falaram. Enfim, podem me levar.

Novamente levantaram a vovó e todos, em procissão, seguiram a poltrona escada abaixo. O general seguiu como se tivesse recebido uma paulada na cabeça. Des Grieux ia pensativo. A mademoiselle Blanche quis ficar, mas achou melhor ir com os demais por algum motivo. O príncipe foi logo atrás dela. No apartamento do general só restaram o alemão e a madame viúva Cominges.

---

39. Em francês, "Essa velha virou criança". (N.T.)
40. Em francês, "Mas, minha senhora, seria um prazer". (N.T.)

CAPÍTULO X

Nas estações de águas – e talvez em toda a Europa –, os gerentes dos hotéis e os *Oberkellners* baseiam suas escolhas de apartamentos para seus hóspedes menos nas exigências e desejos destes do que nas suas próprias opiniões a seu respeito; e, vale ressaltar, raramente se enganam. No entanto, por alguma razão, a avó foi colocada em um aposento tão rico que chegava a ser um exagero: quatro cômodos magnificamente mobiliados, uma sauna, alojamentos para os criados, um quarto privativo para a camareira etc. etc. Na verdade, esses cômodos estavam ocupados, até uma semana antes, por uma *grande-duchesse*, o que, é claro, foi prontamente anunciado aos novos locatários para subir o valor do apartamento, que já era bem alto. Carregaram, ou melhor dizendo, empurraram a avó por todos os cômodos, e ela os inspecionou com atenção e exigência. O *Oberkellner*, um homem já de certa idade e de cabeça calva, acompanhou-a respeitosamente nessa sua primeira inspeção.

Eu não sei por quem eles tomaram a avó, mas, pelo jeito, pensaram que fosse alguém extremamente importante e, principalmente, de muitas posses. No caderno, registraram prontamente: "*Madame la générale, princesse de Tarassievitcha*",[41] embora a avó nunca tivesse sido princesa de coisa alguma. Os seus criados particulares, a locação privativa de um vagão inteiro, o sem-fim de baús, malas e caixas inúteis que vieram com a senhora, provavelmente tudo isso serviu como um princípio de prestígio; e a poltrona sobre rodas, o tom rude e a voz da avó, suas perguntas excêntricas, feitas com um semblante sem qualquer vestígio de desconforto ou paciência, enfim, toda aquela figura – direta, abrupta e imperativa – coroava a reverência geral de que ela gozava. Durante a inspeção, a avó às vezes mandava de repente que baixassem

---

41. *Em francês, "a senhora esposa do general, princesa Tarassievitcha". (N.T.)*

a cadeira, apontava para alguma coisa da mobília e fazia perguntas inesperadas ao *Oberkellner*, que sorria respeitosamente, mas já começava a se acovardar. A avó fazia as perguntas em francês, que ela falava bastante mal, no entanto, e por isso eu geralmente as traduzia. As respostas do *Oberkellner*, em sua maioria, não a agradavam e lhe pareciam insatisfatórias. E ela ficava perguntando não sobre a coisa em si, mas só Deus sabe sobre o quê. Por exemplo, de repente ela parou diante de um quadro, uma cópia bastante grosseira de um certo original famoso, feito a partir de um motivo mitológico.

— De quem é o quadro?

O *Oberkellner* explicou que se tratava, provavelmente, de alguma condessa.

— E como é que você não sabe? Você vive aqui, mas não sabe. Por que ele está aqui? Pra que ela tem esses olhos oblíquos?

O *Oberkellner* não conseguia responder satisfatoriamente a todas essas perguntas e chegava até a se enrolar.

— Esse aí é um idiota! — dizia a avó, em russo.

Empurraram-na adiante. A mesma história se repetiu com uma estatueta saxã, que a avó ficou olhando por muito tempo e depois mandou levar embora, não se sabe por quê. Afinal ela virou para o *Oberkellner*:

— Quanto custaram os tapetes do quarto e onde eles foram tecidos?

— O *Oberkellner* prometeu se informar.

— Mas esse aí é um belo de um jumento! — resmungou a avó e voltou sua atenção para a cama.

— Que baldaquino extravagante! Podem tirar.

Descobriram a cama.

— Mais, mais, tirem tudo. Tirem as almofadas, as fronhas, levantem o colchão.

Tiraram tudo. A avó examinou cuidadosamente.

— Ainda bem que não tem percevejos. Podem levar toda essa roupa de cama! Coloquem o conjunto que eu trouxe e as minhas próprias almofadas. Aliás, tudo isso é extravagante demais, pra que uma velha como eu vai precisar de um apartamento desse, vai ser um tédio ficar aqui sozinha. Aleksei Ivanovitch, você virá visitar bastante, quando deixar de ensinar as crianças.

— Desde ontem eu não sirvo mais o general — respondi. — Vivo aqui no hotel às minhas próprias custas.

— E por quê?

— Há uns dias vieram para cá um famoso barão alemão e a senhora sua esposa, a baronesa, de Berlim. Ontem, quando eu estava passeando, falei com eles em alemão e eles não gostaram do meu sotaque berlinense.

— Mas o que é isso?

— Ele achou desrespeitoso e foi se queixar ao general, que ontem mesmo me demitiu.

— E como é, você o xingou, esse barão, foi algo assim? E mesmo que o tenha xingado, pouco importa!

— Ah, não. Pelo contrário, o barão que levantou sua bengala para mim.

— E você, seu babão, deixou que tratassem assim o seu tutor — disse ela voltando-se subitamente para o general — e ainda por cima o mandou embora! Vocês são uns tontos, todos vocês são uns tontos, na minha opinião.

— Não se preocupe, titia — respondeu o general em um tom um pouco empolado e familiar —, eu mesmo dou conta dos meus assuntos. Além do mais, o Aleksei Ivanovitch não contou a coisa direito.

— E você não fez nada? — Ela voltou-se para mim.

— Eu queria convocar o barão para um duelo — respondi da maneira mais humilde e tranquila possível —, mas o general foi contra.

— E por que é que você foi contra? — A avó voltou-se novamente para o general. — E você aí, paizinho, pode ir embora, volte quando lhe chamarem — ela disse ao *Oberkellner* — não tem por que ficar aí parado com cara de tacho. Eu não aguento esse seu focinho de Nuremberg!

Ele fez uma reverência e saiu, é claro, sem entender o elogio da avó.

— Mas por favor, titia, será possível que ainda ocorram duelos? — respondeu o general com um sorriso irônico.

— E por que não seria? Os homens são todos como galos, têm mais é que brigar mesmo. Vocês são todos uns tontos, pelo que estou vendo, não são capazes de defender suas pátrias. Bom, podem me levantar! Potápytch, certifique-se que sempre tenhamos dois carregadores de prontidão, contrate e acerte o preço. Não precisa de mais que dois. Só precisa carregar nas escadas, mas quando estiver no plano, na rua, pode empurrar, diga isso; e pague-lhes adiantado, eles têm mais respeito quando é assim. E você fique sempre comigo; já você, Aleksei Ivanovitch, me mostre esse tal barão no passeio: eu quero ver quem é esse tal *von baron*, nem que seja só de vista. Está bem, e cadê essa roleta?

Eu expliquei que as roletas ficavam no cassino, nos salões de jogos. Então vieram as perguntas: São muitas? Apostam muito dinheiro? Ficam jogando o dia todo? Como estão dispostas? Eu respondi, por fim, que o ideal seria ir lá para ver com os próprios olhos, porque seria bastante difícil descrever tudo.

— Está bem, então me levem direto para lá! Vá na frente, Aleksei Ivanovitch!

— Mas, titia, será que a senhora não quer nem descansar da viagem? — perguntou o general com preocupação.

Ele parecia estar preocupado, e os demais também começavam a se agitar e a trocar olhares. Provavelmente ele se sentia em uma situação delicada, até mesmo vergonhosa, de levar a avó recém-chegada direto para o cassino, onde ela, provavelmente, faria alguma das suas extravagâncias, e ainda mais em público. No entanto, todos se prontificaram a levá-la.

— E descansar pra quê? Não estou cansada, fiquei cinco dias sentada sem fazer nada. E depois vamos ver como são essas fontes de águas medicinais e onde elas ficam. E depois... como era mesmo aquilo que você falou, Praskóvia, um cume ou algo assim?

— Um pico, vovó.

— Se é pico, então é pico. E o que mais tem por aqui?

— Tem muita coisa, vovó — Polina já se atrapalhava.

— E você lá sabe! Marfa, você também vem comigo — disse ela à sua camareira.

— Mas e para que a senhora precisa dela, titia? — intercedeu de repente o general. — Afinal, nem pode; acho que nem deixariam o Potápytch entrar no cassino mesmo.

— Mas que bobagem! Só porque ela é criada tenho que deixá-la aqui! Não está vendo que é uma pessoa de carne e osso; faz uma semana que está com o pé na estrada, ela também vai querer ir ver as coisas. E com quem mais ela iria, se não comigo? Ela não ousaria botar um pé na rua sozinha.

— Mas, vovó...

— Quer dizer que você está com vergonha de mim, é isso? Então fique aí em casa, ninguém vai perguntar por onde anda você. Está vendo como é o general; pois eu mesma já fui casada com um general. E por que é que vocês têm de ficar atrás de mim agarrados à barra do meu vestido, por acaso estão querendo se esconder de algo? Eu e o Aleksei Ivanovitch vamos ver tudo...

Mas Des Grieux levantou-se decididamente para acompanhá-los e derramou as frases mais amáveis, dizendo que seria um prazer fazer-lhe companhia etc. Todos foram.

— *Elle est tombée en enfance* — repetiu Des Grieux ao general —, *seule, elle fera des bêtises...*[42] — Eu não consegui ouvir o que veio a seguir, mas ele obviamente tinha segundas intenções e, talvez, até houvesse recobrado a esperança.

O cassino ficava a meio quilômetro dali. Nós seguimos nosso caminho pela aleia enfeitada de castanheiras até chegarmos ao jardim, que contornamos para ir direto ao cassino. O general estava um pouco preocupado, porque a nossa procissão era bastante excêntrica, embora, ainda assim, fosse decorosa e decente. Além disso, não havia nada de surpreendente no fato de que uma pessoa doente e enfraquecida, sem o movimento das pernas, tivesse ido à estação de águas medicinais. Contudo, evidentemente, o general temia o cassino: por que uma pessoa doente, que não podia andar, ainda mais uma velhota, iria à roleta? Polina e mademoiselle Blanche iam cada uma de um lado da cadeira de rodas. A mademoiselle Blanche ria, tinha uma alegria humilde e até mesmo fazia algumas brincadeiras amáveis, vez ou outra, com a avó, tanto que essa acabou por elogiá-la. Do outro lado, Polina era obrigada a responder a um sem-fim de perguntas da avó, do tipo: "Quem é aquele ali que passou? E aquela lá na carruagem? A cidade é grande? O jar-

---

42. *Em francês no original, "Ela voltou a ser criança (...) sozinha, ela fará alguma besteira...". (N.T.)*

dim é grande? Que árvores são essas? E aquelas montanhas, como se chamam? Aquelas aves ali voam? Por que esse telhado é assim engraçado?". Mister Astley andava perto de mim e sussurrou que esperava muito daquela manhã. Potápytch e Marfa seguiam logo atrás da cadeira; ele vestia seu fraque, a gravata branca, mas estava com um quepe; já ela era uma moça de seus quarenta anos, corada, já com os cabelos começando a embranquecer, vestia uma touca, um vestido de algodão e botas de couro de bode, as quais rangiam quando ela caminhava. Com muita frequência, a avó virava para eles e se punha a conversar com os dois. Des Grieux e o general ficaram um pouco para trás e falavam de algo com extremo ardor. O general estava muito triste; Des Grieux falava com um aspecto decidido. Talvez ele estivesse reconfortando o general; evidentemente dava-lhe conselhos. Mas a avó já tinha dito, há muito, a frase categórica: "Eu não te deixarei um copeque". Pode ser que Des Grieux achasse essas notícias pouco prováveis, mas o general conhecia a sua titia. Eu notei que Des Grieux e mademoiselle Blanche continuavam trocando piscadelas. Vi de esguelha o príncipe e o viajante alemão no fim da aleia, eles pararam e se afastaram de nós para ir a algum outro lugar.

Fizemos uma entrada triunfal no cassino. Os porteiros e criados demonstravam o mesmo respeito que os empregados do hotel. Eles nos olhavam, no entanto, com curiosidade. A princípio, a avó mandou que a levassem pelos salões; ela elogiou um deles e quanto ao outro se manteve completamente indiferente; fez perguntas sobre os dois. Por fim, chegamos aos salões de jogos. O criado que estava de pé ao lado das portas trancadas feito vigia de repente escancarou as portas como se tivesse sido encantado.

A vinda da avó às roletas causou profunda impressão no público. As mesas das roletas e as do outro canto da sala, onde se encontrava a mesa de *trente et quarante*; a multidão chegava, provavelmente, a uns cento e cinquenta ou duzentos jogadores, dispostos em algumas fileiras. Aqueles que conseguiam chegar perto da mesa, em geral, firmavam-se no chão e não deixavam seus lugares até que tivessem perdido; isso porque ficar parado ali como um mero espectador ocupando assim de graça o lugar de quem apostaria não era permitido. Embora umas cadeiras estivessem dispostas ao redor da mesa, poucos jogadores se sentavam, principalmente quando o público era muito grande, porque ficando de pé dava para ficar mais perto e, consequentemente, economizar espaço, e ficava mais fácil de colocar as apostas. A segunda e a terceira fileira se espremiam atrás da primeira, esperando sua vez e observando; mas, em sua impaciência, às vezes um braço rompia a primeira fileira para depositar uma grande soma. Até alguém na terceira fileira despontaria dessa mesma forma para fazer uma aposta; por isso, não demorava dez, nem mesmo cinco minutos para que em algum canto da mesa começasse alguma "história" causada por uma aposta disputada. A polícia do cassino, no entanto, era muito boa. É claro que não dava para evitar o aperto; pelo contrário, o fluxo de pessoas era bem-vindo, porque era algo proveitoso; mas os oito crupiês, que ficam sentados ao redor da mesa, encaram todos os apostadores, eles inclusive eram responsáveis por fazer as contas e, quando surgiam disputas, eles mesmos as resolviam. Em casos extremos, chamavam a polícia, e a questão era solucionada na hora. Os policiais se misturavam no salão, vestidos à paisana, ficavam no meio dos espectadores, de modo a não serem reconhecidos. Eles ficavam de olho principalmente nos punguistas e estelionatários, que eram particularmente numerosos nas roletas, por causa da extraordinária conveniência em se realizar esse ofício. Na verdade, para se roubar em qualquer outro lugar é preciso enfiar a mão em um bolso ou arrombar uma fechadura, e se a coisa der errado, tudo pode acabar muito mal. Aqui, no entanto, é muito mais simples, só é preciso ir à roleta, começar a jogar e, de repente, pegar o ganho de outra pessoa de maneira clara e honesta e colocar em seu próprio bolso; se surgir uma disputa, o ladrão começa a gritar a plenos pulmões que a aposta era dele. Se o caso for bem feito e as testemunhas vacilarem, em geral o ladrão consegue pegar o dinheiro para si, é claro, supondo que a quantia não seja muito significativa. Sendo esse o caso, ela provavelmente seria percebida pelos crupiês ou por algum dos outros jogadores muito antes. Mas se o valor não for tão significativo, até mesmo o verdadeiro dono geralmente acaba desistindo de prolongar a briga, para evitar um escândalo, e sai da mesa. Mas se conseguirem expor o ladrão, esse é imediatamente levado embora de maneira escandalosa.

O JOGADOR

A avó olhava tudo isso de longe, cheia de uma estranha curiosidade. Ela gostava muito de ver os ladrõezinhos sendo levados embora. *Trente et quarante* não chamou muito sua atenção; gostou da roleta e da bolinha que pingava. Por fim decidiu ver esse jogo mais de perto. Eu não entendi muito bem como foi que isso aconteceu, mas os criados e alguns dos agentes oficiosos (em sua maioria, eram poloneses que tinham perdido e agora ofereciam seus serviços aos jogadores afortunados e a todos os estrangeiros) imediatamente encontraram e liberaram espaço para a avó, apesar de todo aquele aperto, bem no meio da mesa, ao lado do crupiê principal, e levaram sua cadeira para lá. Muitos dos que estavam por ali observando sem jogar (principalmente ingleses com suas famílias) foram prontamente para a mesa a fim de ver, por cima dos ombros dos jogadores, a avó. A maioria dos lornhões se voltaram para a direção dela. Os crupiês se encheram de esperança: uma jogadora tão excêntrica definitivamente prometia algo extraordinário. Uma mulher paraplégica de setenta anos desejava apostar, certamente não é algo que se vê todos os dias. Eu também me aproximei da mesa e me coloquei ao lado da avó. O Potápytch e a Marfa ficaram em algum lugar ao longe, no meio da multidão que estava ao lado. O general, Polina, Des Grieux e mademoiselle Blanche também ficaram por ali, no meio dos espectadores.

A princípio, a avó ficou observando os jogadores ao seu redor. Ela me fazia perguntas abruptas e grosseiras em voz baixa: Quem é esse aí? E aquela ali quem é? Ela tinha gostado particularmente de um rapaz muito jovem que estava à ponta da mesa, ele apostava muito dinheiro, aos milhares; de acordo com os sussurros ao nosso redor, ele já tinha ganhado cerca de quarenta mil francos, que estavam na sua frente em um monte de moedas de ouro e em notas. Ele estava pálido, seus olhos brilhavam e suas mãos tremiam; o rapaz jogava sem fazer qualquer cálculo, apostando o quanto as mãos agarrassem, e ainda assim só ganhava e ganhava, sempre acumulando mais e mais. Os criados se agitavam ao redor dele, ficavam atrás da sua cadeira, abriam-lhe espaço para que ele não ficasse sufocado pela multidão, tudo isso esperando uma demonstração generosa de gratidão. Quando ganham, os outros jogadores lhes dão, às vezes, sem nem contar, com prazer o quanto tiram, ao acaso, do bolso. Ao lado do jovem rapaz já se prontificava um polonês, que lhe servia com todas as suas capacidades e todo seu respeito, mas por vezes sussurrava-lhe algo, provavelmente sugerindo onde colocar ou aconselhando e direcionando suas apostas, certamente esperando alguma gorjeta pelos serviços. Mas o jogador quase nem olhava para ele, só colocava ao sabor da sorte e acumulava tudo. Pelo jeito ele estava fora de controle.

A avó ficou olhando para ele por alguns minutos.

— Vá lá lhe dizer — agitou-se subitamente a avó, me empurrando —, diga para ele parar, diga para pegar esse dinheiro todo e ir embora. Ele vai perder, ele vai perder tudo agora mesmo! — ela sussurrou, quase perdendo o ar de tanta preocupação. — Onde está o Potápytch? Mande o Potápytch ir falar com ele! Vá, diga, diga logo. — Ela me empurrava. — E onde é que está esse Potápytch! *Sortez, sortez!*[43] — ela começou a gritar ela mesma para o jovem rapaz.

Eu me abaixei e lhe sussurrei em tom rígido que aqui não se podia gritar assim e que mesmo uma conversa mais alta não era permitida, porque isso atrapalhava as contas; se continuasse agindo assim, seríamos expulsos.

— Mas que vergonha! O rapaz não tem mais jeito, é uma escolha dele... não posso nem olhar para ele que já me reviro toda. É um imbecil! — E a avó imediatamente virou-se para outro lado.

Ali à esquerda, na outra metade da mesa, despontava entre os jogadores uma jovem dama e um anão que estava ao seu lado. Não sei quem era esse anão, se era seu parente ou se ela o tinha levado para causar espanto. Eu já tinha reparado nessa senhorita antes, ela vinha todos os dias à mesa de jogos, mais ou menos ao meio-dia, e saía exatamente às duas; jogava uma hora todos os dias. Ela já era conhecida e imediatamente colocaram-lhe uma cadeira. Tirou do bolso algumas moedas de ouro, algumas notas de mil francos, e começou a apostar devagar, com sangue frio e cálculos, anotando a lápis os números em um papelzinho, tentando encontrar um sistema que pudesse agrupar as possibilidades naquele momento. Ela colocava montinhos signifi-

---

43. *Em francês, "Saia, saia!". (N.T.)*

cativos. Todos os dias ganhava mil, dois, no máximo três mil francos, não mais do que isso, e quando ganhava, saía imediatamente. A avó demorou seu olhar sobre ela.

— Bom, essa não perde! Essa daí não vai perder! De onde ela veio? Você sabe? Quem é ela?

— Deve ser uma dessas francesas — sussurrei.

— Ah, a árvore se conhece pelos frutos. Logo se vê que tem garrinhas. Agora me explique o que significam esses giros e como se faz uma aposta.

Eu respondi à avó na medida das minhas capacidades, dizendo-lhe o que significavam aquelas muitas combinações de apostas, *rouge et noir, pair et impair, manque et passe*[44], e, por fim, as várias nuances no sistema de números. A avó escutou atentamente, memorizou, perguntou mais umas vezes e aprendeu. Para cada sistema de apostas era possível trazer imediatamente um exemplo, então é bem fácil e rápido de se aprender e memorizar. A avó ficou extremamente satisfeita.

— E o que é esse zero? Aquele crupiê ali, o de cabelo encaracolado, o principal, ele gritou zero agora mesmo, o que é? E por que ele pegou tudo o que tinha na mesa? Formou aquele montão e ele pegou tudo? O que significa isso?

— É o zero, vovó, é a vitória da banca. Quando a bolinha para no zero, tudo o que está na mesa vai para a banca e nem precisa contar. Na verdade, eles rodam mais uma vez, para desempatar, mas aí a banca não paga nada.

— Olha só isso! E eu não ganho nada?

— Não, vovó, se a senhora tiver colocado no zero, e der zero mesmo, eles te dão trinta e cinco vezes o que apostou.

— Como assim, trinta e cinco vezes mais! E isso acontece com frequência? Por que esses tontos não apostam nisso?

— É uma chance contra trinta e seis, vovó.

— Mas isso é bobagem! Potápytch! Potápytch! Pare o que está fazendo, eu tenho dinheiro, aqui, pega! — Ela tirou do bolso uma car-

---

44. *Em francês no original, "vermelho e preto, par e ímpar, menos e mais". (N.T.)*

teira recheada de dinheiro e pegou uma moeda de ouro. — Vai, põe agora mesmo no zero.

— Vovó, o zero acabou de sair — eu disse —, provavelmente vai demorar para que saia de novo. A senhora vai apostar muito dinheiro; é melhor esperar, nem que seja um pouco.

— Ah, mas que bobagem, coloca!

— Se a senhora insiste, mas ele provavelmente não vai sair até anoitecer, a senhora vai perder aos milhares, é o que acontece.

— Está bom, que bobagem, quanta bobagem! Quem tem medo, morre cedo. E aí? Perdeu? Ponha mais!

E perderam também a segunda moeda; colocaram mais uma. A avó mal ficava parada em seu lugar com um olhar ardente na bolinha que quicava nas ranhuras da roda em movimento. Perderam a terceira também. A avó quase saiu de si, não conseguiu ficar inerte, até bateu com a mão na mesa, quando o crupiê anunciou "*trente-six*"[45] ao invés do esperado zero.

— Eh, olha só ele! — irritou-se a avó. — Será que esse zerinho maldito vai demorar pra sair? Se ele não sair, não quero mais estar viva! Esse crupiê de cabelo encaracoladinho é um maldito, ele nunca vai tirar um zero! Aleksei Ivanovitch, aposte de duas em duas! Tem que colocar tanto que, quando sair o zero, não se tem lucro algum.

— Mas vovó!

— Ponha, ponha logo! Não é seu mesmo.

Eu coloquei as duas moedas de ouro. A bolinha ficou quicando na roda por muito tempo, até que começou a pular nas ranhuras. A avó ficou petrificada, apertou a minha mão e de repente, pá!

— Zero — anunciou o crupiê.

— Está vendo, está vendo! — A avó virou-se de repente para mim, toda radiante e satisfeita. — Viu, eu falei pra você, eu te disse! Foi o próprio Senhor Deus quem me aconselhou a colocar duas moedas de ouro. Bom, e agora quanto que eu ganhei? Por que não me deram nada? Potápytch, Marfa, onde eles foram parar? Os nossos foram embora para onde? Potápytch, Potápytch!

---

45. *Em francês, "trinta e seis". (N.T.)*

— Depois, avó — sussurrei. — O Potápytch está perto das portas, eles não o deixaram entrar. Olha, avó, eles vão te dar o seu dinheiro, pega ali!

Jogaram para a avó um pacote pesado, embrulhado em papel azul, em que estavam as cinquenta moedas e entregaram-lhe mais vinte. Eu puxei tudo isso com uma pá até que a avó pudesse pegar.

— *Faites le jeu, messieurs! Faites le jeu, messieurs! Rien ne va plus?*[46] — exclamava o crupiê, conclamando as apostas e se preparando para girar a roleta.

— Meu Deus! Ficamos para trás! Já estão rodando a roleta! Aposta, vai, aposta! — agitava-se a avó. — Não fique aí parado, vai logo! — Ela estava fora de si, me empurrando com todas as forças.

— Mas onde devo colocar, avó?

— No zero, no zero! De novo no zero! Ponha quanto for possível! Quanto nós temos ao todo? Setenta moedas de ouro? Não precisa se condoer, coloque vinte moedas de uma vez.

— Vá com calma, avó! É muito difícil saírem duas vezes seguidas! Eu lhe garanto que a senhora vai perder todo seu capital nisso.

— Que coisa, você está mentindo, é mentira! Aposte! Já chega dessa conversa! Eu sei o que estou fazendo. — A avó até tremia de tanta emoção.

— O regulamento não permite que se coloque mais de doze moedas de ouro no zero, avó. Mas está bem, já coloquei.

— Como que não permite? Será que não está mentindo? Monsieur! Monsieur! — Ela começou a empurrar o crupiê que estava sentado à esquerda dela e se preparava para girar a roleta. — *Combien zero? Douze? Douze?*[47]

— *Oui, madame* — reforçou educadamente o crupiê —, assim como qualquer aposta não poderá ser maior que quatro mil florins, segundo o regulamento — adicionou ele à explicação.

— Está bem, não tem o que fazer, aposte doze.

---

46. *Em francês, "Façam suas apostas, senhores! Façam suas apostas, senhores! Ninguém mais vai apostar?". (N.T.)*
47. *Em francês mal falado, "quanto [no] zero? Doze? Doze?". (N.T.)*

— *Le jeu est fait!*[48] — exclamou o crupiê.
A roleta começou a girar e deu treze. Perdemos!
— Mais! Mais! Mais! Aposte mais! — gritava a avó.
Eu já não me opunha e, dando de ombros, coloquei mais doze moedas de ouro. A roleta girou muito. A avó simplesmente tremia enquanto acompanhava a roda. "Mas será que ela realmente acha que vai ganhar no zero de novo?", pensei enquanto a olhava admirado. A crença convicta na vitória brilhava em seu rosto, uma esperança inabalável de que assim de repente, gritariam zero! A bolinha parou na casa.
— Zero! — gritou o crupiê.
— Olha aí!!! — A avó virou-se para mim, celebrando freneticamente.
Eu mesmo era o jogador, e senti isso naquele instante. Minhas mãos e pernas tremiam, minha cabeça doía. É claro que era um caso raro que caísse o número zero três vezes em dez jogadas; mas não havia nada de particularmente impressionante nisso. Dois dias antes, eu já tinha visto, com meus próprios olhos, o zero sair três vezes seguidas; quando isso aconteceu, um dos jogadores que anotava cuidadosamente os resultados ressaltou em voz alta que, na véspera, esse mesmíssimo zero só tinha aparecido uma vez no dia inteiro.
Fizeram as contas com muita atenção e respeito na frente da avó, que os merecia, pois era a maior vencedora. Ela tinha de receber quatrocentas e vinte moedas de ouro, ou seja, quatro mil florins e vinte moedas. As vinte moedas foram pagas em ouro, e os quatro mil em notas.
Dessa vez ela nem chamou Potápytch, ela estava ocupada com outra coisa. Por fora, ela já não estava mais empurrando ou tremendo. Se é que se pode dizer isso, ela vibrava por dentro. Sua atenção estava toda concentrada em alguma coisa, como se estivesse mirando.
—Aleksei Ivanovitch! Ele disse que só se pode apostar quatro mil florins de uma vez? Então pegue, coloque esses quatro todos no vermelho — decidiu a avó.
Não adiantava discutir. A roleta começou a girar.

---

48. *Em francês, "As apostas estão feitas!". (N.T.)*

O JOGADOR

— *Rouge!* — anunciou o crupiê.
Outra vitória, os quatro mil florins se tornaram, ao todo, oito.
— Dê-me os quatro aqui, e ponha mais quatro no vermelho — comandou a avó.
Eu fiz a aposta de quatro mil novamente.
— *Rouge!* — anunciou o crupiê.
— Agora já são doze! Dê tudo aqui para mim. O ouro ponha aqui, na bolsinha, as notas guarde consigo. Já chega! Pra casa! Empurrem a cadeira!

CAPÍTULO XI

Empurraram a cadeira até as portas, do outro lado da sala. A avó estava radiante. Todos os nossos imediatamente se juntaram ao seu redor, parabenizando-a. Por mais excêntrico que fosse seu comportamento, aquele triunfo encobria muita coisa, e o general já não temia comprometer-se aos olhos do público por ter uma relação familiar com aquela estranha senhora. Ele foi parabenizar a avó, com um sorriso condescendente, familiar e alegre, como se faz para entreter uma criança. No entanto ele estava evidentemente abalado, assim como os espectadores. Ao redor, todos falavam e apontavam para a avó. Muitos passavam ao seu lado para vê-la mais de perto. Um pouco mais afastado, mister Astley falava sobre ela com dois de seus conhecidos ingleses. Algumas das espectadoras majestáticas, umas damas, lançavam-lhe olhares de incrível incompreensão, como se ela tivesse algo de miraculoso. Des Grieux se desfazia em parabenizações e sorrisos.

— *Quelle victoire!*[49] — disse ele.

— *Mais, madame, c'était du feu!*[50] — adicionou mademoiselle Blanche com um sorriso zombeteiro.

— Sim, senhora, fui lá e ganhei doze mil florins! Que doze o quê, tinha ouro também! Com o ouro dava quase treze. E quanto isso deve dar em rublos? Dá uns seis mil, algo assim?

Eu expliquei que passava dos sete, porque no câmbio atual, provavelmente, chegava a oito.

— Oito mil, é brincadeira? E vocês aí sentados, seus tontos, sem fazer nada! Potápytch, Marfa, viram isso?

— Mãezinha, e como a senhora fez isso? Oito mil rublos! — exclamou Marfa enquanto se contorcia.

---

49. *Em francês, "Que vitória!". (N.T.)*
50. *Em francês, "Mas a senhora estava pegando fogo!". (N.T.)*

— Peguem, aqui tem cinco moedas de ouro para cada um, é meu presente para vocês, aqui!

Potápytch e Marfa correram para beijar-lhe as mãos.

— Deem uma para cada carregador também. Dê-lhes uma moeda de ouro, Aleksei Ivanovitch. Por que aquele criado está fazendo reverência junto com aquele outro? Estão me parabenizando? Dê uma moeda para cada um também.

— *Madame la princesse... un pauvre expatrie... malheur continuel... le princes russes sont si généreux.*[51] — Perto das cadeiras se remexia uma pessoa de fraque puído, colete colorido e bigodes, a qual segurava um quepe estendido e tinha um sorriso servil...

— Dê-lhe uma moeda também. Não, dê duas; está bom, já chega, se não essa gente não vai parar nunca. Podem me levantar, vamos embora! Praskóvia — ela se dirigiu a Polina Aleksandrovna —, amanhã eu te comprarei um vestido e também para essa mademoiselle... Como é o nome, mademoiselle Blanche, ou o que seja, também vou comprar um vestido para ela. Traduza-lhe isso, Praskóvia!

— *Merci, madame.* — Mademoiselle Blanche fez uma reverência gentil, depois de abrir um sorriso zombeteiro e trocar olhares com Des Grieux e com o general. O general estava um tanto confuso mas extremamente feliz quando nos encontramos na aleia.

— A Fiedóssia, a Fiedóssia, imagino como ela vai ficar impressionada — disse a vovó, lembrando-se da babá que trabalhava para o general. — Vamos precisar dar um vestido para ela também. Ei, Aleksei Ivanovitch, dê algo para aquele mendigo ali!

No meio do caminho passou um vagabundo qualquer com as costas encurvadas e olhou para nós.

— Mas esse aí pode nem ser um mendigo, mas só algum pilantra, vovó.

— Pois dê! Dê logo! Dê-lhe um florim!

Eu me aproximei e dei. Ele me olhou em profunda incompreensão, no entanto pegou o florim em silêncio. Ele exalava cheiro de vinho.

—E você, Aleksei Ivanovitch, não vai tentar a sorte?

---

51. Em francês, "Senhora princesa... um pobre moço de recados... sempre sem sorte... os príncipes russos são tão generosos...". (N.T.)

— Não, vovó.

— Mas eu vi que seus olhos estavam brilhando.

— Eu ainda vou tentar, vovó, certamente, mas depois.

— E bote logo no zero! Você vai ver! Quanto você tem de capital?

— Ao todo apenas vinte moedas de ouro, vovó.

— É pouco. Eu lhe dou cinquenta moedas emprestadas, se quiser. Esse pacotinho aí mesmo, pode pegar, e você, paizinho, não adianta nem esperar, não te dou um copeque! — disse ela voltando-se repentinamente para o general.

Ele quase virou do avesso, mas não disse nada. Des Grieux franziu o cenho.

— *Que diable, c'est une terrible vieille!*[52] — sussurrou ao general entre dentes.

— Um mendigo, ali um mendigo, mais um mendigo! — gritou a avó. — Aleksei Ivanovitch, dê um florim pra ele também.

Dessa vez topamos com um velho agrisalhado, com uma perna de pau, vestindo um longo fraque azul marinho e com uma bengala comprida na mão. Ele parecia ter sido um velho soldado. Quando eu fui lhe oferecer um florim, ele deu passo para trás e me lançou um olhar fulminante.

— *Was ist's der Teufel!*[53] — gritou ele, somando a isso mais uma dezena de xingamentos.

— Bom, é um tonto! — gritou a avó, fazendo um gesto de desdém. — Vamos adiante! Estou com fome! Está na hora de almoçar, depois vou descansar um pouco, então voltaremos lá.

— A senhora vai jogar de novo, vovó? — exclamei.

— E você achava o quê? Que eu viria para cá para ficar sentada mofando, olhando assim pra cara de vocês?

— *Mais, madame* — aproximou-se Des Grieux —, *les chances vent tourner, une seule mauvaise chance et vous perdrez tout... surtout avec votre jeu... c'était terrible!*[54]

---

52. *Em francês,* "Mas que diabo, essa velha é terrível!". *(N.T.)*
53. *Em alemão,* "Mas que diabos é isso!". *(N.T.)*
54. *Em francês,* "Mas, madame (...) a sorte pode mudar, basta um azar e a senhora perderia tudo... sobretudo com o seu tipo de jogo... seria terrível!". *(N.T.)*

— *Vous perdrez absolument*[55] — disse mademoiselle Blanche de maneira estridente.

— E o que é que vocês têm a ver com isso? Não estou jogando com o dinheiro de vocês, o dinheiro é meu! E cadê aquele tal de mister Astley? — ela me perguntou.

— Ficou no cassino, vovó.

— É uma pena, esse aí é um homem tão bom...

Quando chegamos em casa, enquanto a avó ainda estava na escada, encontramos o *Oberkellner*. Ela o chamou e gabou-se dos seus ganhos; depois chamou Fiedóssia, deu-lhe três moedas de ouro de presente e mandou que fosse buscar o almoço. Durante a refeição, Fiedóssia e Marfa cobriam-lhe de atenção.

— Eu estava olhando para a senhora, mãezinha — dizia Marfa —, e perguntei ao Potápytch, o que será que nossa mãezinha quer fazer? E na mesa tinha tanto dinheiro, mas tanto dinheiro, paizinho! Na minha vida toda eu nunca vi tanto dinheiro, e ela estava cercada de cavalheiros, todos que estavam sentados ali eram cavalheiros. Eu perguntei ao Potápytch, e de onde veio tanta gente importante? Pensei: que Nossa Senhora a ajude. Eu fiquei rezando pela senhora, mãezinha, e meu coração foi batendo mais devagar, assim, mais devagar, e comecei a tremer, tremia toda. Que o Senhor a ajude, pensei, e foi aí que o Senhor a ajudou. Até agora, mãezinha, estou tremendo, estou tremendo inteirinha.

— Aleksei Ivanovitch, depois do almoço, umas quatro horas, se apronte, porque nós vamos sair. Até lá, nos despedimos, não se esqueça de me mandar um médico, também preciso beber essas tais águas. Você provavelmente ia acabar se esquecendo.

Eu me afastei da avó como se estivesse embriagado. Eu tentei imaginar o que seria de todos nós e quais reviravoltas ocorreriam por aqui? Eu via claramente que eles (principalmente o general) ainda não tinham conseguido se recuperar, nem mesmo da primeira impressão. A aparição da avó ao invés do tão esperado telegrama de sua morte (e também da herança) abalou tão profundamente toda a estrutura de suas intenções e tomadas de decisão que eles estavam completamente perdidos

---

55. *Em francês, "A senhora certamente perderá". (N.T.)*

e até mesmo perplexos para lidar com os próximos feitos da avó na roleta. E, no entanto, esse segundo fato por pouco não era mais importante que o primeiro, porque a avó repetiu duas vezes que não daria dinheiro ao general, mas quem é que sabe, ainda assim não havia motivos para perder as esperanças. Des Grieux não as tinha abandonado e continuava intrometendo-se em todos os assuntos do general. Eu estava certo de que mesmo mademoiselle Blanche, também extremamente intrometida (mais ainda: uma esposa de general dona de uma herança significativa!), não teria perdido a esperança e lançaria mão de todo seu arsenal de coquetismo para iludir a avó – um evidente contraste com Polina, orgulhosa, inflexível e incapaz de nutrir carinho pelas pessoas. Mas agora, neste momento em que a avó tinha realizado esses feitos na roleta, neste momento em que a personalidade da avó se apresentava a eles de maneira clara e típica (uma velha teimosa, que ama o poder *et tombée en enfance*), agora provavelmente tudo estava perdido: como uma criança, ela estava feliz com o que experimentou, gostou e, como havia de acontecer, perderia tudo. Meu Deus!, pensei (e que Deus me perdoe, com um riso maldoso), por Deus, cada moeda de ouro que a avó apostava era uma nova pontada no peito do general, deixava Des Grieux irritado e fazia a mademoiselle de Cominges perder a calma, como se lhe tirassem a comida do prato. E tem mais uma questão: mesmo em meio à euforia da vitória, a alegria com que a avó dava dinheiro a todos nós e a qualquer passante que ela tomasse por mendigo, mesmo ali ela disse ao general: "Ainda assim não te dou nada!". Isso significa que ela mantinha essa ideia fixa, fizera a si mesma essa promessa. É um perigo! Um perigo!

 Todas essas questões passavam pela minha cabeça enquanto eu subia as escadas principais, saindo do apartamento da avó para o meu cubículo, que ficava no último andar. Tudo isso me afetava profundamente; embora, é claro, eu conseguisse prever as linhas mais importantes e grossas que ligavam os atores que eu tinha diante de mim, mas ainda assim não tinha certeza de todos os meios e segredos dessa representação. Polina não confiava completamente em mim. De vez em quando, é verdade, ela se abria comigo, como que a contragosto, mas eu percebia que, em geral – e quase sempre –, depois dessas revelações ou ela transformava todo o relato em brincadeira ou dava um nó no assunto, tentando dar um aspecto de mentira à coisa toda. Oh! Quanto será que ela não escondia! De qualquer forma, eu pressentia que se aproximava o final de toda essa situação misteriosa e tensa. Mais um golpe e tudo viria abaixo, seria esclarecido. Quanto ao meu papel, eu também teria certo interesse nisso tudo, mas eu quase nem me preocupava. Eu estava com um ânimo estranho: no meu bolso estavam as vinte moedas de ouro; eu estava em uma terra distante, sem um emprego nem meios de subsistência, sem esperanças, sem planos e nem me preocupava com isso! Se eu não estivesse pensando na Polina, eu simplesmente me entregaria a um cômico interesse pela iminente resolução dos assuntos e arrebentaria em gargalhadas. Mas Polina me impedia; seu destino seria resolvido, eu pressentia isso, porém confesso que o destino dela não me preocupava nem um pouco. Eu tinha vontade de penetrar em seus segredos; queria que ela viesse até mim e dissesse: "É que eu te amo", mas se não fosse esse o caso, se isso fosse uma loucura inconcebível, daí... mas também ficar desejando para quê? E eu lá sei o que quero? Eu mesmo estava como que perdido; só queria ficar perto dela, da sua auréola, sob o seu brilho, para sempre, sempre mesmo, por toda a vida. Não sei de mais nada! Será que eu poderia deixá-la?

No terceiro andar, no corredor deles, algo me atingiu como um raio. Eu me voltei e, a uns vinte passos ou mais, vi uma mulher saindo pela porta. Era Polina. Parecia que estava me esperando e, quando me viu, imediatamente fez um sinal para que eu fosse até ela.

— Polina Aleksandrovna...

— Mais baixo! — ela me avisou.

— Imagine só — sussurrei —, agora mesmo tive uma sensação estranha nas costas; quando me voltei para ver, era você! É como se você emanasse alguma energia!

— Pegue esta carta — murmurou Polina em tom preocupado e contido, talvez nem tivesse ouvido o que eu tinha dito — e entregue-a pessoalmente ao mister Astley, agora mesmo. Rápido, eu estou lhe pedindo. Não precisa esperar a resposta. Ele mesmo...

Ela não terminou a frase.

— Ao mister Astley? — perguntei para me certificar, surpreso.

Mas Polina já tinha sumido atrás da porta.

— Ah, então eles trocam cartas! — É claro que eu saí correndo imediatamente para procurar o mister Astley. Primeiro fui ao seu hotel, onde ele não estava; depois fui ao cassino, percorri todos os salões; por fim, já envergonhado e quase em desespero, encontrei-o por acaso no meio do caminho de volta para o meu hotel, ele estava em meio a outros ingleses e inglesas que tinham saído para cavalgar. Eu fiz-lhe um gesto, chamando para perto, ele se deteve, e eu lhe entreguei a carta. Nós não tivemos tempo nem de trocar um olhar. Mas suspeito que mister Astley apertou o passo do cavalo de propósito.

Estaria sendo torturado pelo ciúme? Eu me sentia completamente abatido. Eu não queria nem saber mais sobre o que eram as cartas deles. Então ele era o confidente dela! "Que eles são amigos – pensei –, isso já é óbvio (e quando foi que ele conseguiu virar confidente), mas ali se escondia um amor?" "É claro que não", sussurrava-me a razão. Em casos como esse, no entanto, a razão não basta. De qualquer forma, era preciso esclarecer isso também. A situação se complicava.

Assim que entrei no hotel, o porteiro e o *Oberkellner*, que saía do seu quarto, me informaram que haviam mandado me chamar, estavam me procurando e já tinham vindo saber do meu paradeiro por três vezes. Pediam que eu fosse, o quanto antes, ao apartamento do general. Eu estava no pior humor possível. Quando cheguei lá, encontrei o general, Des Grieux e mademoiselle Blanche, sozinha, sem a mãe. Sem dúvida essa última era uma pessoa sem função real, que era usada só para melhorar a fachada; mas quando o assunto era *sério*, a mademoiselle Blanche aparecia sozinha. E é bem provável que a mãe não soubesse nada sobre os assuntos da sua suposta filha.

Os três estavam debatendo algo acaloradamente, e até estavam com as portas do escritório fechadas, o que nunca acontecia. Ao me aproximar delas, pude ouvir pessoas conversando em voz alta, a rispidez cáustica de Des Grieux; os gritos insolentes, ofensivos e furiosos de Blanche e os lamentos do general, que evidentemente estava se explicando. Assim que entrei, todos eles se contiveram e se ajeitaram. Des Grieux arrumou os cabelos e fez da cara irritada um sorriso, aquele mesmo sorriso nojento, oficial, cerimonioso e francês que eu detesto.

Embora estivesse acabado e confuso, o general recobrou seu aspecto de dignidade, embora de maneira bastante mecânica. Apenas mademoiselle Blanche quase não alterou sua fisionomia que exalava raiva e se restringiu a ficar em silêncio, lançando-me um olhar de impaciente expectativa. Eu notei que, até aqui, ela sempre me evitara e tratara com incrível indiferença, sequer respondendo às minhas reverências, simplesmente não me notava.

— Aleksei Ivanovitch — começou o general em tom de delicada censura —, permita-me dizer-lhe algo estranho, estranho ao máximo... em suma, o seu comportamento em relação a mim e à minha família... em suma, está estranho ao máximo...

— *Eh! Ce n'est pas ça* — interrompeu Des Grieux com irritação e desdém (certamente era ele quem orquestrava tudo!). — *Mon cher monsieur, notre cher general se trompe*[56] em assumir esse tom — continuarei sua fala traduzida para o russo —, mas ele queria lhe dizer... isso é, prevenir ou, melhor dizendo, pedir-lhe da maneira mais convincente possível que o senhor não o arruíne, bom, é isso, não o arruíne! Eu usarei justamente essa expressão...

— E como poderia, como faria isso? — interrompi.

— Com licença, o senhor está desempenhando o papel de orientador (e como mais dizer isso?) daquela velha, *cette pauvre terrible vieille*[57] — o próprio Des Grieux se enrolava —, e ela vai acabar perdendo tudo, ela apostará e perderá até o último copeque! O senhor mesmo viu, o senhor foi testemunha de como ela aposta! Se ela começar a perder, não deixará a mesa, por causa da sua teimosia e da sua raiva, e vai continuar jogando, jogando e jogando, e o senhor sabe que nesses casos nunca se recupera o dinheiro perdido, então... então...

— E então — interveio o general —, então o senhor será a causa da ruína de toda a família! Eu e minha família, nós todos, somos herdeiros dela, ela não tem outro parente mais próximo. Eu lhe direi sem rodeios que os meus negócios vão mal, extremamente mal. O senhor mesmo já

---

56. *Em francês no original, "Não é nada disso (...) Meu caro senhor, o nosso querido general está enganado". (N.T.)*
57. *Em francês, "essa pobre e terrível velha". (N.T.)*

sabe disso, embora em parte... Se ela perder uma quantia significativa ou até, quem sabe, toda sua fortuna (ah, meu Deus!), o que será dos pequenos, dos meus filhos! — O general olhou para Des Grieux. — E de mim também! — Ele olhou para mademoiselle Blanche, que desviou seu olhar com desdém. — Aleksei Ivanovitch, o senhor precisa nos salvar, nos salve!...

— Mas como, general, diga-me como eu posso fazer isso... E eu lá tenho alguma importância nisso tudo?

— O senhor precisa se afastar, recusar a sua posição, deixar a titia de lado!...

— Mas ela arrumará outro! — exclamei.

— *Ce n'est pas ça, ce n'est pas ça* — interrompeu novamente Des Grieux —, *que diable!*[58] Não se afaste, mas ao menos a aconselhe, convença-a a não jogar, afaste-a do cassino... Enfim não a deixe jogar demais, afaste-a de algum modo.

— E como é que eu faria isso? Seria melhor que o senhor mesmo se encarregasse disso, monsieur Des Grieux — adicionei com o máximo de ingenuidade que consegui.

Nesse momento eu percebi um olhar rápido, fulminante e interrogador que mademoiselle Blanche trocou com Des Grieux. No rosto dele cintilou algo diferente, algo sincero que ele não conseguiu esconder.

— Tem um porém aí, ela não me aceitaria neste momento! — exclamou Des Grieux com um gesto. — Se ao menos!... Mais tarde...

Des Grieux trocou um olhar rápido e significativo com mademoiselle Blanche.

— *Oh, mon cher monsieur Alexis, soyez si bon.*[59] — A própria mademoiselle Blanche se aproximou de mim com um sorriso cativante, tomou-me as duas mãos e apertou-as com força.

Que o diabo a carregue! Esse rostinho diabólico era capaz de se transformar em um segundo. Naquele instante surgiu-lhe um aspecto tão suplicante, tão cálido, como uma criança sorrindo, e até mesmo um pouco travesso; ao final da frase ela piscou um olho para mim de um

---

58. Em francês, "Não é assim, não é assim (...) que diabo!" .(N.T.)
59. Em francês, "Oh, meu caro senhor Alexis, seja bonzinho". (N.T.)

jeito oblíquo, sem que os outros vissem; será que ela queria me nublar a razão ou algo assim? Mas não conseguiu, pelo contrário, eu achei aquilo grosseiro, indecente.

O general logo saiu correndo atrás dela, saiu correndo de verdade:

— Aleksei Ivanovitch, me perdoe por eu ter começado nossa conversa daquele jeito, eu não queria dizer nada daquilo... Eu lhe peço, imploro na verdade, eu me curvo ao senhor da maneira russa, só o senhor, apenas o senhor pode nos salvar! Eu e a mademoiselle de Cominges estamos lhe implorando. O senhor entende, entende não é mesmo? — ele implorava, mostrando-me a mademoiselle Blanche com os olhos. Era de dar muita pena.

Naquele instante ressoaram três batidas secas e respeitosas na porta, abriram, quem batia era o criado do corredor, seguido por Potápytch, que estava uns passos atrás dele. Eles foram enviados pela avó com as ordens de me encontrar e mandar que fosse até ela imediatamente. "Ela está brava", avisou-me Potápytch.

— Mas são só três e meia!

— Ela não conseguiu dormir, ficou se revirando na cama, depois levantou-se subitamente, exigiu a cadeira e viemos atrás do senhor. Agora ela já está no pórtico...

— *Quelle mégère!*[60] — gritou Des Grieux.

Eu realmente encontrei a avó já no pórtico e sem paciência por não me encontrar. Ela não queria esperar até as quatro horas.

— Está bem, podem levantar! — gritou ela, e nós voltamos para a roleta.

---

60. Em francês, "Que megera!". (N.T.)

CAPÍTULO XII

A avó estava em um ânimo impaciente e irritadiço; era evidente que a roleta não lhe saía da cabeça. Ela tratava todo o resto de maneira desatenta e, em geral, extremamente leviana. Por exemplo, não ficava perguntando o tempo todo ao longo do caminho, como na véspera. Quando via uma carruagem extravagante, que passava por nós como um tiro, ela até levantava a mão e perguntava: "O que foi isso? De quem era?", mas parecia sequer prestar atenção na minha resposta; sua atenção era sempre interrompida por movimentos de corpo ou gestos bruscos e impacientes. Quando eu lhe apontei, ao longe, que já se aproximavam do cassino o barão e a baronesa Wurmerhelm, ela os olhou sem prestar atenção e disse de maneira absolutamente indiferente: "Ah!"; e rapidamente se voltou para o Potápytch e Marfa, que andavam logo atrás, para ralhar com os dois.

— E pra que vocês vivem no meu pé? Não vou levar vocês por toda parte! Pra casa! E você também já me cansou — acrescentou ela, dirigindo-se a mim, depois de eles terem feito uma reverência apressada e voltado pra casa.

Já estavam esperando a avó no cassino. Honraram-na prontamente com aquele mesmo lugar ao lado do crupiê. Eu tinha a impressão de que os crupiês eram sempre tão decorosos e parecidos com os funcionários públicos, aparentando ser praticamente indiferentes à vitória ou perda da banca; mas não o eram de fato e, obviamente, tinham recebido instruções para atrair os jogadores e para preservar os interesses do estabelecimento, pelo que eles certamente recebiam certos prêmios e bonificações. Pelo menos eles olhavam para a vovó como se fosse uma presa. Então aquilo que nós tínhamos antecipado aconteceu.

E isso se deu da seguinte forma.

A avó pulou de cabeça no zero e mandou apostar logo doze moedas de ouro de cada vez. Apostou uma, duas, três vezes e nada do zero sair. "Aposta, aposta!", ela me empurrava, impaciente. Eu obedecia.

— Quantas vezes já apostamos? — perguntou ela afinal, rangendo os dentes de impaciência.

— Já foram doze vezes, vovó. Foram cento e quarenta e quatro moedas. Eu lhe disse, vovó, até o cair da noite, pode ser que...

— Calado! — interrompeu a avó. — Aposte de novo, e agora aposte mil florins no vermelho também. Aqui a nota, pega.

Deu vermelho, mas não o zero, de novo; voltaram mais mil florins.

— Está vendo, está vendo! — sussurrou a avó. — Quase tudo o que colocamos voltou. Ponha de novo no zero; vamos apostar mais umas dez vezes e depois paramos.

Contudo, na quinta vez, a avó já estava totalmente aborrecida.

— Que o diabo carregue esse zerinho desgraçado. Vai, ponha quatro mil florins no vermelho — ordenou ela.

— Vovó! É muita coisa, vai que não sai vermelho — implorei; mas a avó por pouco não me bateu (e no entanto ela me empurrava tanto que era quase como se me batesse). Não tinha o que fazer, e coloquei os quatro mil florins que havíamos ganhado até então, todos no vermelho. A roleta começou a girar. A avó estava sentada com as costas eretas em uma pose tranquila e orgulhosa, sem a menor sombra de dúvida de sua vitória.

— Zero — exclamou o crupiê.

A princípio a avó não compreendeu, mas quando ela viu que o crupiê pegou seus quatro mil florins, junto com tudo que estava na mesa, ela percebeu que aquele zero, que há tanto não saía e no qual nós colocamos quase duzentas moedas de ouro, tinha saído justamente quando a avó o tinha amaldiçoado e desistido dele, então ela exclamou e brandiu os braços. Ao redor, todos davam risada.

— Paizinho! Olha lá, deu aquele desgraçado! — gritou a avó. — Olha lá aquele, aquele maldito! Foi culpa sua! É tudo culpa sua! — ela me empurrava violentamente, chegando a me machucar. — Foi você quem me fez mudar de ideia.

— Vovó, eu lhe falei a verdade, como posso responder pelo acaso?

— Eu vou te mostrar o acaso! — sussurrou ela em um tom terrível — Saia de perto de mim.

— Adeus, vovó. — Eu virei as costas para ir embora.

— Aleksei Ivanovitch, Aleksei Ivanovitch, para aí! Aonde que você vai? O que é isso, o que foi? Você se irritou! Seu tonto! Está bem, fique, fique mais um pouco, está bem, mas não fique bravo, eu sou uma tonta mesmo! Está bem, diga lá, o que devemos fazer agora!

— Vovó, eu não vou fazer sugestões, porque depois a senhora vai me culpar. Jogue por si mesma; é só mandar que eu ponho.

— Está bem, está bem! Então ponha mais quatro mil florins no vermelho! Aqui está a carteira, pegue. — Ela pegou a carteira do bolso e me deu. — Vai, pega logo, aqui tem vinte mil rublos em espécie.

— Mas, vovó — murmurei —, é uma quantia enorme...

— Eu não quero estar viva se perder. Aposta!

Apostamos e perdemos.

— Aposta, vai, aposta, ponha todos os oito!

— Não pode, vovó, o máximo são quatro!...

— Então ponha quatro!

Dessa vez ganhamos. A avó ficou feliz.

— Olha aí, está vendo! — Ela me empurrava. — Aposte mais quatro!

Apostamos e perdemos, depois perdemos mais e mais.

— Vovó já perdemos todos os doze mil — informei.

— Eu estou vendo que já se foram — ela disse em uma espécie de fúria tranquila, se é que dá para dizer isso —, eu estou vendo, paizinho, estou vendo — murmurou ela, com o olhar parado diante de si, como se estivesse mergulhada em pensamentos. — Ah! Não quero estar mais viva, ponha mais quatro mil florins!

— Não tem mais dinheiro, vovó; aqui na carteira só temos títulos de dívida pública e umas ordens de pagamento, mas nada de dinheiro.

— E no porta-moedas?

— Sobraram só uns trocados, vovó.

— Eles têm uma casa de câmbio por aqui? Disseram que eu poderia trocar os nossos títulos por aqui — disse a avó em tom decidido.

— Ah, mas quanto quiser! Só que você vai perder muito no câmbio, tanto que... até o judeu de lá vai ficar horrorizado!

— Bobagem! Eu recupero no jogo! Vamos. Mande chamar esses idiotas!

Eu comecei a empurrar a cadeira, surgiram os carregadores, e saímos do cassino.

— Mais rápido, vamos, anda logo! — comandava a avó. — Mostre o caminho, Aleksei Ivanovitch, e que seja o mais curto... Falta muito?

— Mais dois passinhos, vovó.

Mas na esquina da praça com a aleia, encontramos todos os nossos: o general, Des Grieux e mademoiselle Blanche com a mamãe. A Polina Aleksandrovna não estava com eles, nem o mister Astley.

— Vamos, vamos, vamos! Não parem! — gritava a vovó. — E o que vocês têm a ver com isso? Não tenho tempo para perder com vocês!

Eu fui na frente; Des Grieux veio correndo ao meu encontro.

— Ela perdeu tudo o que ganhou da última vez e se foram mais doze mil florins que trazia consigo. Estamos indo trocar uns títulos de dívida pública — sussurrei-lhe depressa.

— Parem com isso, parem! — murmurou-me o general, perdendo a cabeça.

— Pois vá lá o senhor tentar impedi-la — murmurei-lhe de volta.

— Titia! — O general se aproximou. — Titia... agora nós... agora nós vamos... — a voz dele tremia e sumia — vamos alugar uns cavalos e vamos cavalgar fora da cidade... É uma vista magnífica... o pico... nós estávamos indo convidar a senhora.

— Sai daqui você e o seu pico! — enxotou-o a avó com um gesto irritadiço.

— Tem uma aldeiazinha por lá... nós vamos lá beber chá... — continuou o general já em completo desespero.

— *Nous boirons du lait, sur l'herbe fraîche*[61] — adicionou Des Grieux já ensandecido.

"Du lait, de l'herbe fraîche". Isso é tudo o que há de idealmente idílico para a burguesia parisiense, que, é claro, via nisso a *nature et la verité!*[62]

— Sai pra lá você e o seu leite também! Pode tomar tudo sozinho, leite me dá dor de barriga. E vocês pararam por quê?! — gritou a avó. — Eu já disse que não tenho tempo para isso!

---

61. *Em francês, "Nós vamos beber leite, deitados na relva orvalhada". (N.T.)*
62. *Em francês, "natureza e verdade". (N.T.)*

— Chegamos, vovó! — exclamei. — É aqui!

Nós chegamos ao edifício em que ficava a casa de câmbio. Eu fui trocar os títulos, a avó ficou na entrada esperando; Des Grieux, o general e Blanche ficaram de lado sem saber o que fazer. A avó os fulminava com olhares, e eles foram embora, pegando o caminho para o cassino.

Ofereceram um valor tão terrível que eu não pude decidir e voltei à avó para ver o qual era sua decisão.

— Ah, esses bandidos! — gritou ela, brandido as mãos. — Está bem! Não importa! Pode trocar! — exclamou ela em tom decidido. — Espera, chama o banqueiro aqui!

— A senhora quer dizer um funcionário da casa de câmbio, vovó?

— Que seja o funcionário, tanto faz. Ah, esses bandidos!

Quando ele ficou sabendo que uma condessa idosa com a saúde debilitada e que não podia mais andar o chamava, o funcionário concordou em sair. A avó ficou ali aos berros repreendendo-o por tentar enganá-la, depois começou a negociar em uma mistura de russo, francês e alemão, enquanto eu tentava servir de intérprete. O funcionário, um homem muito sério, olhava para nós dois e balançava a cabeça em silêncio. Ele ficou examinando a avó com uma curiosidade, até excessiva, a ponto de ser deselegante; e por fim começou a sorrir.

— Está bom, some daqui! — gritou a avó. — Engasgue com o meu dinheiro! Troque com ele, Aleksei Ivanovitch, eu não tenho tempo para ir buscar outro...

— O funcionário disse que os outros vão dar ainda menos.

Eu não me lembro do valor do câmbio, mas era um horror. Troquei doze mil florins em ouro e notas, peguei a conta e levei para a avó.

— Está bom! Está bom! Está bom! Não precisa contar — dizia agitando as mãos. — Vamos, rápido, rápido! Nunca mais vou apostar nesse zero maldito nem no vermelho — resmungou ela quando chegamos ao cassino.

Dessa vez empenhei todas as minhas forças em tentar fazê-la apostar o mínimo possível, convencendo-a que, quando a sorte mudar, sempre teríamos tempo de fazer grandes apostas. Mas ela estava tão impaciente que, embora concordasse a princípio, não havia meios de diminuir seus gastos no jogo. Assim que ela começou a ganhar as apostas de dez, vinte moedas de ouro, logo começou a me empurrar.

— Está vendo! Olha aí! Está vendo, ganhamos! Se tivéssemos colocado quatro mil ao invés de uma centena, nós teríamos ganhado quatro mil, e como que ficamos agora? É tudo culpa sua, tudo culpa sua!

E como eu me retorcia vendo como ela jogava, eventualmente resolvi ficar quieto e não dar mais conselho algum.

De repente Des Grieux veio correndo. Todos os três estavam próximos; notei que mademoiselle Blanche estava com sua mãezinha meio afastada e cortejava o príncipe. O general fora claramente deixado de lado, quase negligenciado. Blanche sequer tinha vontade de olhar para ele, embora ele ficasse ali borboleteando ao redor dela. Pobre general! Ele empalidecia, enrubescia e sequer queria ir ao cassino com a avó. Blanche e o principezinho por fim foram embora; o general saiu correndo no seu encalço.

— Madame, madame — sussurrou Des Grieux à avó em um tom melífluo, chegando bem pertinho da orelha dela. — Madame, essa aposta aí não vai dar certo... não, não, não pode... — ele arranhava um russo — não!

— E como deve ser? Então me ensine! — a avó disse, virando-se para ele. Des Grieux de repente se pôs a tagarelar em francês, começou a aconselhar, intrometer-se, dizendo que era preciso esperar a sorte, começar a fazer umas contas quaisquer... A avó não entendeu nada. Ele imediatamente dirigiu-se a mim, a fim de que eu fizesse a interpretação; batia os dedos na mesa, apontava; por fim pegou um lápis e começou a fazer umas contas em um papelzinho. Afinal a avó perdeu a paciência.

— Ah, suma daqui, vá embora! Só está falando bobagens! Vem com seus "madame, madame", mas na verdade não entende coisa nenhuma. Suma!

— *Mais madame!* — chilreou Des Grieux voltando a apontar. Estava muito irritado.

— Está bem, faça uma aposta como ele está dizendo — me ordenou a avó. — Vejamos, vai que ele acerta.

Des Grieux só queria afastá-la das apostas altas: ele sugeriu que colocássemos uma única moeda em vários números diferentes. Eu fiz como ele mandou, coloquei uma moeda de ouro nos números pares entre os doze primeiros; cinco modas nos números de doze a dezoito e de dezoito a vinte e quatro: ao todo era uma aposta de dezesseis moedas de ouro.

A roleta girou.

— Zero! — exclamou o crupiê.

Perdemos tudo.

— Esse idiota! — gritou a avó, dirigindo-se a Des Grieux. — Você é um francesinho miserável! Vá aconselhar o diabo! Suma daqui, suma! Você não sabe de nada e ainda quer ficar aconselhando!

Profundamente ofendido, Des Grieux deu de ombros, lançou um olhar de escárnio e foi embora. Ele já estava com vergonha por ter se intrometido; faltara-lhe o autocontrole.

Passada uma hora, apesar dos nossos esforços, tínhamos perdido tudo.

— Para casa! — gritou a velha.

Ela não disse nem uma palavra no caminho de volta. Na aleia, quando já nos aproximávamos do hotel, finalmente começou a esbravejar.

— Sua idiota! Sua imbecil! Você é uma velha, uma velha tonta!

Assim que entramos no apartamento, ela gritou:

— Tragam chá! E já se preparem! Estamos saindo!

— Aonde, mãezinha, a senhora quer ir? — Marfa tentou descobrir.

— E que te importa? Não meta o nariz onde não é chamada! Potápytch, junte tudo, pegue tudo que temos. Vamos voltar pra Moscou! Eu torrei quinze mil rublos!

— Quinze mil, mãezinha! Meu Deus do céu! — Potápytch tentou esbravejar, levantando as mãos aos céus, crente que agradaria a sua patroa.

— Está bem, chega, seu tonto! Já começou a choramingar! Calado! Mandei juntar as coisas! A conta, mais rápido, vamos logo!

— O próximo trem sai às nove e meia, vovó — informei-lhe para suavizar seu furor.

— E que horas são?

— Sete e meia.

— Mas que irritante! Está bem, tanto faz! Aleksei Ivanovitch, eu não tenho nem um copeque. Aqui tem mais duas notas, corra lá e troque as duas também. Se não ficamos sem ter com que voltar.

Eu fui. Depois de meia hora, voltei para o hotel e encontrei todo mundo no apartamento da avó. Quando descobriram que ela estava indo embora para Moscou, ficaram abatidos, pelo jeito mais abatidos do que haviam ficado com suas perdas. Nós supúnhamos que seu retorno ajudaria sua situação, mas como ficaria o general agora? Quem pagaria Des Grieux? Mademoiselle Blanche, é claro, não ficaria esperando a avó morrer e, provavelmente, se engraçaria com o principezinho ou qualquer outro. Eles estavam diante dela, consolavam-na e tentavam demovê-la. Polina não estava, outra vez. A avó estava berrando com eles.

— Sumam daqui, seus demônios! O que vocês têm a ver com o assunto? Por que esse aí da barbichinha fica atrás de mim? — gritou para Des Grieux. — E você, meu colibri, o que você quer? — disse ela dirigindo-se a mademoiselle Blanche. — O que está aprontando?

— *Diantre!* — sussurrou mademoiselle Blanche; seus olhos reluziram um brilho irritado, mas ela caiu na gargalhada de repente e saiu da sala. — *Elle vivra cent ans!*[63] — gritou ela ao general enquanto saía da sala.

— Ah, então você estava contando com a minha morte? — berrou a avó para o general — Suma daqui! Mande-os todos embora, Aleksei Ivanovitch! Que importa para vocês? Eu vou gastar minha fortuna eu mesma, e não vocês!

O general deu de ombros, fez uma reverência e saiu. Des Grieux foi atrás dele.

— Mande chamar a Praskóvia — ordenou a avó à Marfa.

Cinco minutos depois, Marfa voltou com a Polina. Durante todo esse tempo, Polina estava no seu quarto com as crianças e, parece, tinha resolvido não sair do quarto o dia todo de propósito. Seu rosto estava com um aspecto sério, triste e preocupado.

---

63. *Em francês, "Droga! (...) Ela viverá mais cem anos!". (N.T.)*

— Praskóvia — começou a avó —, é verdade mesmo o que eu fiquei sabendo por acaso, que esse tonto do seu padrasto queria se casar com aquela francesinha idiota e cabeça de vento, aquela atriz ou algo assim, quem sabe coisa até pior? Responda, é verdade isso?

— Eu realmente não sei, vovó — respondeu Polina —, mas segundo a própria mademoiselle Blanche, o que ela nem tentou esconder, eu depreendo que...

— Chega! — interrompeu energicamente a avó. — Eu já entendi tudo! Eu sempre imaginei que ele faria algo assim e sempre o considerei uma pessoa terrivelmente vazia e leviana. Conseguiu se tornar general só para pavonear (foi promovido da patente de coronel assim que se reformou) e agora dá ares de importância. Minha querida, eu sei de tudo, sei que enviaram telegrama atrás de telegrama para Moscou – "será que vai demorar, diziam, para aquela bruxa velha bater as botas?". Estavam contando com a herança; sem o meu dinheiro, aquela mulherzinha detestável – acho que é de Cominges –, não vai aceitá-lo nem como um capacho, ainda mais com aquela dentadura horrenda. Dizem que ela tem uma montanha de dinheiro, que empresta a juros, é um baita negócio. Praskóvia, eu não te culpo, você não mandou os telegramas, e não quero ficar remoendo o passado. Eu sei que você tem um gênio forte, é uma vespa! Quando você pica, dói muito. Mas eu tenho pena de você, porque eu adorava a falecida Katarina, sua mãe. E então, o que acha? Deixe tudo aqui e venha comigo. Você não tem para onde ir; e agora vai ficar difícil aqui para você. Espera! — exclamou interrompendo Polina, que ia começar a responder. — Eu ainda não terminei. Eu não quero nada de você. Você mesma conhece a minha casa em Moscou, é um palácio, pode ficar com um andar inteiro, se quiser, e nem precisa me visitar por semanas se estiver cansada do meu temperamento. E então, quer ou não?

— Deixe que eu lhe pergunte primeiro uma coisa: será que a senhora quer mesmo ir agora?

— E você acha que eu estou brincando, querida? Eu disse que estou indo e vou mesmo. Eu torrei quinze mil rublos nessa maldita roleta. Há cinco anos eu fiz uma promessa de construir uma igreja na minha propriedade perto de Moscou, mas eu vim e gastei tudo aqui. Agora, minha querida, eu vou lá construir minha igreja.

— Mas e as águas medicinais, vovó? A senhora não veio aqui beber das águas?

— Ah, mas você e as suas águas! Não me irrite, Praskóvia; está fazendo de propósito ou o quê? Diga logo, você vai ou não vai?

— Eu agradeço muito, muito mesmo, vovó — começou Polina cheia de emoção — por esse refúgio que me oferece. A senhora adivinhou em parte a minha situação aqui. Eu sou tão grata que, acredite, irei morar com a senhora, e talvez o faça em breve. Mas neste momento eu tenho motivos... importantes... e não posso tomar uma decisão agora, neste exato momento.

— Quer dizer que você não quer?

— Quero dizer que não posso. De qualquer forma, eu não consigo me afastar do meu irmão e da minha irmã, já que... é que... é que isso significaria deixá-los à própria sorte, abandonados, então... se a senhora me aceitasse com as crianças, vovó, então é claro que eu iria com a senhora, e acredite que eu lhe retribuiria! — adicionou ela, enérgica. — Mas sem as crianças eu não posso ir, vovó.

— Está bom, não fique choramingando! — Polina nem imaginava choramingar e na verdade nunca chorava. — Como o galinheiro é grande, também tem espaço para os pintinhos. Além disso, eles já estão na idade de ir à escola. E então você vem agora? Olha, Praskóvia, preste atenção! Eu lhe faria uma boa ação, mas eu sei por que você não vem comigo. Eu sei de tudo, Praskóvia! Esse francesinho não lhe trará nada de bom.

Polina ficou toda vermelha. Um calafrio correu meu corpo. (Todos sabiam! Pelo jeito eu era o único a não saber de nada!)

— Está bem, está bem, não fique brava. Eu não vou me meter. Só não vá arrumar problemas, entendeu? Você é uma moça inteligente, eu ficaria com pena de você. Está bom, já chega, seria melhor nem ver mais vocês! Vá embora! Adeus!

— Vovó, eu ainda vou acompanhar a senhora — disse Polina.

— Não tem necessidade, não me atrapalhe, eu já estou farta de todos vocês.

Polina ia beijar a mão da avó, mas ela tirou a mão e beijou-lhe a bochecha. Enquanto passava por mim, Polina me olhou rapidamente e baixou o olhar.

— Bom, tchau para você também, Aleksei Ivanovitch! Falta uma hora para o trem. E você já deve estar cansado de mim. Bom, fique com essas cinquenta moedas de ouro para você.

— Eu lhe agradeço profundamente, vovó, mas eu teria vergonha...

— Está bem, está bem! — gritou a avó, mas de uma maneira tão enérgica e terrível que eu não tive coragem de recusar e aceitei o presente.

— Quando estiver em Moscou, sem lugar para ficar, venha à minha casa; eu darei uma recomendação para que arranje qualquer coisa. Vai, pode ir!

Eu voltei para o meu apartamento e me deitei na cama. Acho que fiquei lá deitado por cerca de meia hora, com as mãos atrás da cabeça. A catástrofe já estava em andamento, e eu precisava pensar. Decidi que teria uma conversa séria com Polina. Ah! E o francesinho? Então era verdade mesmo! No entanto, o que aquilo tudo poderia significar? Polina e Des Grieux! Meu Deus, que casal!

Tudo isso era simplesmente improvável. De repente saí do quarto, já fora de mim, e fui direto falar com o mister Astley para obrigá-lo a me contar tudo. É claro que ele sabia mais do que eu. Mister Astley? Ele ainda era um mistério para mim!

Contudo ressoaram três batidas à minha porta. Atendi, era Potápytch.

— Paizinho Aleksei Ivanovitch, estão lhe chamando na casa da senhora.

— O que foi? Ela já está indo embora ou algo assim? Faltam vinte minutos até o trem chegar.

— Ela está preocupada, paizinho, mal consegue ficar sentada. "Vai logo, mais rápido!", isso é, para chamar o senhor, paizinho; pelo amor do santo Cristo, não demore.

Eu imediatamente fui correndo para o andar de baixo. Já tinham levado a avó para o corredor.

Ela tinha a carteira nas mãos.

— Aleksei Ivanovitch, vá na frente, estamos saindo!...

— Para onde, vovó?

— Eu vou recuperar tudo, nem que precise morrer tentando! Vai, marchando, chega de perguntas! Eles ficam abertos até a meia-noite?

Eu fiquei perplexo, absorto, mas imediatamente me decidi.

— Como a senhora quiser, Antonida Vassilevna, mas eu não vou.

— Como não? O que é isso agora? Você perdeu a cabeça ou o quê?

— Faça como quiser, mas eu ficaria me culpando depois, não quero ir! Não quero ser testemunha nem cúmplice disso. Perdoe-me, Antonida Vassilevna. Aqui estão as suas cinquenta moedas de volta. Adeus!

— Então coloquei as cinquenta moedas em cima da mesa perto da cadeira da avó, fiz uma reverência e fui embora.

— Quanta bobagem! — gritou a avó atrás de mim. — Então não venha, se não quiser, eu mesma encontro o caminho! Potápytch, venha comigo! Venham, me levantem, vamos embora.

Não encontrei mister Astley, e voltei para casa. Já era tarde, quase uma da manhã, quando eu fiquei sabendo como tinha acabado o dia da avó através de Potápytch. Ela perdeu tudo que eu tinha trocado, ou seja, uns dez mil rublos. Aquele mesmo polonês a quem ela dera duas moedas de ouro se aproximou dela e comandou suas jogadas. A princípio, antes da chegada do polonês, ela estava mandando o Potápytch fazer as apostas, mas logo o mandou embora, foi aí que o polonês veio correndo. Por sorte, ele entendia russo e até falava um pouco, misturando três idiomas, então eles davam um jeito de se entender. A avó o ofendia o tempo todo e, embora ele "ficasse sempre à disposição dela", não tinha "nem comparação com o senhor, Aleksei Ivanovitch – disse Potápytch. - Quando falava com o senhor, ela estava lidando *com um cavalheiro de verdade*, e aquele lá, eu vi com meus próprios olhos, que me parta um raio se estiver mentindo, ele roubava o dinheiro dela da mesa. Ela mesma o pegou no ato duas vezes e até brigou com ele, chamava-lhe de tudo que é nome, paizinho, e até puxou-lhe os cabelos uma vez, eu juro, paizinho, não estou mentindo, todos ao redor caíram na gargalhada. Ela perdeu tudo, tudo o que tinha, tudo o que o senhor tinha trocado para ela. Nós a trouxemos de volta, a pobrezinha, e ela pediu água, fez o sinal da cruz e foi para a cama. Ela deveria estar exausta, porque pegou no sono imediatamente. Que Deus lhe dê bons sonhos! Ah, como eu odeio o estrangeiro! — concluiu Potápytch. — Eu disse que não tinha nada de bom aqui. Se ao menos pudéssemos voltar o quanto antes para Moscou! E o que é que não temos lá em casa, lá em Moscou? Temos um jardim, flores como não se vê por aqui, o ar fresco, as maçãs estão amadurecendo, espaço... mas não, tínhamos de vir para o estrangeiro! Ai, minha nossa!..."

CAPÍTULO XIII

Agora já se passou um mês desde que eu mexi pela última vez nestas minhas anotações, que comecei sob fortes impressões, embora um tanto desconjuntadas, mas ainda assim poderosas. A catástrofe, cuja aproximação havia previsto de fato chegou, mas cem vezes mais potente e inesperada do que eu tinha pensado. Tudo isso foi um tanto estranho, horrendo e até mesmo trágico, pelo menos para mim. Ocorreram alguns acontecimentos comigo que foram quase milagrosos, ao menos é assim que eu os vejo até hoje, embora, à segunda vista – e julgando pelo turbilhão em que fui jogado –, eles não passassem de acontecimentos pouco mais que corriqueiros. Contudo o mais impressionante disso tudo foi a maneira com que lidei com todos esses eventos. Até agora eu não entendo o que tinha na cabeça! Tudo isso se passou como em um sonho, até mesmo a minha paixão, por mais poderosa e verdadeira que ela fosse, mas... onde é que ela foi parar? De fato, por vezes ela desponta na minha cabeça: "Será que eu não teria ficado louco e só estado esse tempo todo em um manicômio, quem sabe ainda esteja, isso é, tudo isso não passaria de um *fruto da minha imaginação*, uma impressão que persiste até agora?...".

Eu organizei e reli as minhas folhinhas. (Quem sabe, talvez o tenha feito para me convencer de que eu não as escrevi em um manicômio?). Agora eu estava completamente só. Chegou o outono, as folhas das árvores caducaram. Estou nessa cidadezinha deprimente (ah, e como são deprimentes as pequenas cidades alemãs!) e ao invés de me preocupar com o meu próximo passo, vivo sob a influência das sensações passageiras, sob a influência dessas memórias frescas, sob a influência de todo esse furacão que me arrastou para o turbilhão e depois me cuspiu fora em outro canto. Às vezes tenho a impressão de que ainda estou girando nesse furacão e que, de repente, a tormenta voltará e me arrastará com suas garras, e eu serei arrancado novamente da ordem e da mesura e ficarei girando, girando, girando...

No entanto, talvez eu acabe parando de alguma maneira e deixe de ficar rodando, caso eu escreva um relato preciso, na medida do possível, de tudo o que ocorreu nesse mês. Fui chamado novamente à pena; até porque não tinha nada para fazer à noite. Foi estranho que, para me ocupar de alguma coisa, tenha ido à péssima biblioteca local para ler uns romances de Paul de Kock (em uma tradução alemã!), os quais eu mal consigo suportar, mas os li mesmo assim e me surpreendi comigo mesmo: eu parecia ter medo de perder o encanto dos recentes eventos com a seriedade de uma leitura profunda ou alguma atividade envolvente. É como se eu considerasse tão preciosos esse pesadelo horrendo e todas as impressões deixadas por ele que chegava a ter medo de que algo novo tomasse seu lugar, para que não se desfizessem em fumaça! Será que tudo isso era assim tão importante? Sim, é claro que era; talvez eu ainda me lembre deles daqui a quarenta anos...

Enfim, vou começar a escrever. Além do mais, eu poderia contar tudo isso em parte e de maneira bem resumida: as impressões já não são as mesmas...

Em primeiro lugar, vou terminar a história da avó. No dia seguinte, ela perdeu tudo definitivamente. Era assim mesmo que acabaria acontecendo: quem põe um pé nesse caminho descobre que é um declive íngreme e coberto de neve; você escorrega e começa a deslizar cada vez mais e mais rápido. Ela ficava apostando na roleta o dia inteiro, até às oito da noite; eu não presenciei sua jogatina, só fiquei sabendo pelos relatos.

Potápytch esteve esse tempo todo com ela no cassino. Os polonesezinhos que comandavam a avó se revezaram algumas vezes ao longo do dia. Ela começou com o mesmo que tinha demitido no dia anterior, aquele de quem ela tinha puxado os cabelos, depois arrumou outro, que acabou se provando quase pior que o primeiro. Quando mandou esse embora chamou de volta o primeiro, que não lhe saíra de perto e estava parado todo esse tempo atrás da cadeira, esticando a cabeça para perto dela o tempo todo. Por fim ela acabou caindo em um desespero completo. O segundo polonês demitido não queria ir embora por nada; um ficou do seu lado direito e o outro à esquerda. Eles ficavam brigando e trocando insultos por cada lance e aposta, eles se xingavam de *łajdak*[64] e outros nomes em polonês, depois faziam as pazes novamente, atiravam dinheiro na mesa sem qualquer ordem, jogando ao acaso. Quando brigavam, cada um apostava por conta própria; por exemplo, um colocava no vermelho, e o outro no preto. No fim das contas, eles confundiram e esgotaram completamente a avó, a ponto de ela, quase chorando, dirigir-se ao crupiê velhinho e pedir que ele a defendesse, expulsando os dois. E eles foram imediatamente mandados embora, apesar dos gritos e protestos: os dois gritavam ao mesmo tempo e tentavam convencer a todos de que a avó estava devendo dinheiro, que ela os tinha enganado de alguma forma, tinha agido de maneira desonesta e vil. O infeliz Potápytch chorou enquanto me contava tudo isso naquela mesma noite, pouco depois das perdas, e queixou-se de que eles mesmos tinham enchido os bolsos, que ele próprio tinha visto como eles estavam sempre roubando descaradamente. Por exemplo, um pedia cinco moedas de ouro pelos seus serviços e começava a apostar na roleta, fazendo as mesmas jogadas que a avó. Se a avó ganhasse, ele gritava que a aposta dele tinha sido premiado, e não a da avó. Quando estavam sendo expulsos, Potápytch foi denunciar que estavam com os bolsos cheios de ouro. A avó imediatamente pediu ao crupiê que tomasse providências e, por mais que os polonesezinhos gritassem (e os dois berravam como galos), veio a polícia do cassino e imediatamente esvaziou os bolsos em favor da avó. Enquanto não tinha perdido tudo, a avó gozava de grande autoridade entre os crupiês e os gerentes do cassino, e isso permaneceu por todo o dia. Pouco a pouco sua fama correu por toda a cidade. Todos os visitantes da colônia, de todas as nações, fossem comuns ou importantes, se juntavam para ver *une vieille comtesse russe, tombée en enfance*, que tinha perdido "alguns milhões".

Mas a avó ganhou muito, muito pouco depois que expulsaram os dois polonesezinhos. No lugar deles imediatamente veio um terceiro polonês oferecendo seus serviços, esse já falava russo fluentemente, vestia-se como um cavalheiro, embora parecesse mais um lacaio com seu enorme bigode e arrogância. Assim como os outros, ele também

---

64. Em polonês, "malandro". (N.T.)

beijava "os pés da *pani*" e "se prostrava aos pés da *pani*", mas tratava os demais com desdém, dava ordens em tom despótico, enfim, logo se colocou não como servo, mas como senhor da avó. A cada jogada, ele se dirigia a ela e jurava as coisas mais horrendas, dizendo que ele mesmo era um "honorável *pan*" e que não pegaria nem um copeque do dinheiro da avó. Ele repetiu tanto essas promessas que ela acabou se acovardando. Mas como ele realmente parecia corrigir as jogadas dela, a princípio, e estava começando a ganhar, a própria avó não conseguiu se afastar dele. Uma hora depois, os dois poloneses que tinham sido expulsos do cassino ressurgiram por trás da cadeira da avó, novamente ofereceram seus serviços, nem que fosse para levar recados. Potápytch jurou por Deus que o tal "honorável *pan*" tinha piscado para eles e até entregara algo nas mãos deles. Como a avó não tinha comido nada e mal tinha saído do lugar, um dos poloneses foi realmente útil: ele foi correndo ao restaurante do cassino, que ficava logo ao lado, e buscou uma caneca de sopa, e depois chá. Inclusive, os dois iam juntos. Mas até o fim do dia, quando ficou claro para todos ali que ela tinha perdido a última nota, atrás dela já estavam uns seis poloneses, dos quais nunca se tinha visto ou ouvido falar. Quando a avó perdeu sua última moeda, todos eles não só não lhe davam ouvidos, mas sequer lhe prestavam atenção, esticavam-se por cima dela para fazer suas apostas, pegavam eles mesmos os ganhos, davam as ordens, apostavam, brigavam e gritavam, negociando com o honorável *pan* em tom íntimo, e o *pan* por pouco não tinha se esquecido por completo da existência da avó. Mesmo quando a avó já tinha perdido realmente tudo e voltava para o hotel às oito da noite, uns três ou quatro poloneses ainda não tinham resolvido deixá-la em paz, e foram correndo ao lado da cadeira, gritando a plenos pulmões uma espécie de trava-línguas para reafirmar que a avó os tinha enganado e precisava pagar alguma coisa. Foi assim que chegaram ao hotel, de onde foram, finalmente, enxotados aos empurrões.

Pelas contas do Potápytch, a avó tinha perdido ao todo noventa mil rublos, além da quantia perdida na véspera. Todos os seus títulos de dívida pública, tesouro direto, todas as ações que tinha consigo, ela foi trocando, um por um. Eu fiquei impressionado por ela ter suportado essas sete ou oito horas ali sentada, quase sem sair da mesa; mas

O JOGADOR

Potápytch me contou que houve três ocasiões em que ela começou a ganhar muito dinheiro; e atraída pela esperança recuperada, já não podia se afastar. Contudo, os jogadores sabem que uma pessoa pode passar quase o dia inteiro jogando cartas sem desviar o olhar para a direita ou para a esquerda.

Enquanto isso, no nosso hotel ocorreram coisas extremamente importantes, decisivas. Ainda pela manhã, antes das onze, quando a avó ainda estava em casa, os nossos – isso é, o general, Des Grieux – decidiram dar um último passo. Depois de saber que a avó não estava pensando em ir embora, mas, pelo contrário, se dirigia novamente ao cassino, todos eles se juntaram em conclave (exceto Polina) e foram até a casa dela para negociar definitivamente, às claras mesmo. O general, que tremia com a alma congelada só de imaginar as terríveis consequências para si, até exagerou: depois de meia hora de orações e pedidos, chegou a confessar tudo, isso é, as dívidas, e inclusive sua paixão por mademoiselle Blanche (ele estava completamente enrolado). O general assumiu um tom terrível, chegando a gritar e bater os pés para a avó; exclamou que ela estava manchando o nome da família, que fizera um escândalo diante da cidade toda e por fim... por fim: "A senhora está envergonhando o nome de toda a Rússia, minha senhora! – gritou o general. – E é para isso que existe a polícia!" Então, a avó o expulsou às pauladas (pauladas mesmo). O general e Des Grieux conversaram mais uma ou duas vezes naquela manhã para discutir isso mesmo: não seria possível chamar a polícia realmente? E se eles dissessem que a infeliz mas respeitável velhinha tinha ficado senil e perderia todo seu dinheiro etc.? Em suma, não seria possível conseguir algum tipo de guarda ou proibição?... Contudo Des Grieux só dava de ombros e ria da cara do general, que ficava falando sem parar enquanto corria de um lado para o outro do escritório. Por fim, Des Grieux fez um gesto repreensivo e se escondeu em algum canto. À noite ficaram sabendo que ele tinha deixado totalmente o hotel, depois de ter uma conversa extremamente séria e secreta com mademoiselle Blanche. No que diz respeito à mademoiselle Blanche, ela tinha tomado medidas drásticas já de manhã: se afastou completamente do general e sequer aparecia na frente dele. Quando o general foi correndo atrás dela até o cassino e a encontrou de braços dados com o principezinho, nem ela nem a madame viúva Cominges o reconheceram. O principezinho também não lhe fez reverências. Durante todo aquele dia, a mademoiselle Blanche tentou e amaciou o príncipe para que ele tomasse uma decisão definitiva. Contudo, que pena!, ela tinha se enganado grosseiramente quanto ao príncipe! Essa pequena catástrofe aconteceu já de noite; de repente veio à tona que o príncipe estava liso feito um azulejo e, inclusive, esperava conseguir emprestar algum dinheiro dela, em troca de precatórias, para apostar na roleta. Blanche expulsou-o indignada e trancou-se em seu apartamento.

Pela manhã daquele mesmo dia, eu fui falar com mister Astley, ou melhor dizendo, passei a manhã toda procurando o mister Astley, mas não consegui encontrá-lo de jeito nenhum. Ele não estava em casa, nem no cassino ou no parque. Ele sequer tinha almoçado no hotel daquela vez. Às cinco horas eu o vi de relance indo da plataforma da ferrovia direto ao Hôtel d'Angleterre. Estava com pressa e parecia muito compenetrado, embora fosse difícil perceber qualquer nuance de preocupação ou qualquer outra confusão nos traços de seu rosto. Ele esticou a mão indiferentemente e exclamou um "ah!", como lhe era de costume, mas não se deteve e seguiu o caminho com um passo bastante rápido. Eu o segui, mas ele me respondeu de tal modo que fui incapaz de fazer mais perguntas. Além disso, por algum motivo, fiquei terrivelmente envergonhado de conversar de Polina; por sua vez, ele não me perguntou nada a seu respeito. Eu lhe falei da avó; ele ouviu com atenção e seriedade, depois deu de ombros.

— Ela vai perder tudo — concluí.

— Ah, sim! — respondeu ele. — Naquele dia em que eu estava saindo, ela foi jogar mais uma vez, e eu tive a certeza de que perderia tudo. Se eu tiver tempo, passo pelo cassino para assistir, porque isso será curioso...

— E para onde o senhor viajou? — exclamei, percebendo que até agora não tinha perguntado.

— Estive em Frankfurt.

— A trabalho?

— Sim, a trabalho.

E o que mais poderia perguntar? Contudo continuei acompanhando mister Astley, mas ele de repente virou em direção ao hotel *Des quatre saisons*, fez-me um sinal com a cabeça e sumiu. No caminho de volta para casa, pouco a pouco fui adivinhando que, ainda que tivesse falado com ele por mais duas horas, não teria descoberto nada de relevante, porque... eu não tinha o que lhe perguntar! Era isso mesmo! Eu não seria capaz de formular a minha pergunta por nada.

Polina passou o dia todo ora passeando com as crianças e a babá, ora trancada em casa. Havia muito ela tinha rompido com o general e já quase nem falava com ele, pelo menos de assuntos sérios. Eu já percebera isso muito antes. Mas, como eu sabia do ânimo do general, pensei que ele não a deixaria escapar, isso é, entre eles deveriam ocorrer, necessariamente, alguns esclarecimentos familiares de grande importância. No entanto, enquanto eu estava voltando ao hotel, já depois da conversa com mister Astley, encontrei Polina e as crianças, e o rosto dela transparecia uma tranquilidade plácida, como se ela fosse a única a escapar ilesa de toda essa tormenta familiar. Cheguei ao meu quarto profundamente indignado.

É claro que eu estava evitando falar com ela e não lhe dirigi a palavra nem uma vez depois do que aconteceu em Wurmerhelm. Mesmo assim, isso se dava, em parte, por fingimento e afetação; contudo, quanto mais o tempo passava, mais crescia em mim um sentimento de verdadeira indignação. Ainda que ela não me amasse nem um pouco, me parecia errado que pisasse nos meus sentimentos e ouvisse com tamanho desdém minhas confissões. Ora, ela sabe que eu a amo de verdade; ela mesma permitiu, autorizou que eu falasse disso com ela! É verdade que isso aconteceu entre nós de um jeito bem estranho. Já há algum tempo, bastante até, uns dois meses, eu comecei a reparar que ela queria transformar-me em um amigo, seu confidente, e até fazia alguns testes nesse sentido. No entanto, por algum motivo, esse caminho não deu muito certo entre nós; então no lugar disso ficou essa relação estranha que temos agora; por isso eu comecei a falar com ela sobre isso. Mas se ela era contrária ao meu amor, por que não me proibiu de falar sobre isso?

Ela não me impediu; por vezes até mesmo me chamava para conversar e... é claro que fazia isso só para seu entretenimento. Eu sabia bem disso, já percebera claramente que ela gostava de ficar me ouvindo falar e me incentivando até que eu começasse a sofrer, então me cortava com uma brincadeira de extremo mau gosto ou parava de prestar atenção. Ela sabe muito bem que eu não viveria sem ela. E agora já faz três dias desde a história com o barão, e eu já não consigo suportar nossa *separação*. Quando eu a encontrei recentemente no cassino, meu coração batia tão forte que eu empalideci. Mas ela também não pode viver sem mim! Ela precisa de mim, será que, será que ela me quer apenas como bobo da corte na qual ela é a rainha?

Ela tinha um segredo, isso era óbvio! Sua conversa com a avó tinha me acertado fundo no peito. Eu tinha lhe pedido que fosse honesta comigo, insisti mil vezes, e ela sabia, sim, que eu estava disposto a dar minha cabeça por ela. Mas sempre se livrava de mim com certa desconfiança ou, ao invés do sacrifício que eu lhe oferecia, exigia alguma bobagem de mim, como aquela do barão! Não seria ultrajante? Será que aquele francês era tudo para ela? E o mister Astley? Mas aqui a coisa se tornava completamente incompreensível; ainda assim, como eu sofria, meu Deus!

Ao chegar em casa, no auge da minha raiva, peguei a pena e lhe escrevi o seguinte:

"Polina Aleksandrovna, vejo claramente a chegada da conclusão, que evidentemente também lhe diz respeito. Repito pela última vez: você precisa da minha cabeça ou não? Se eu for necessário, seja para o que for, *estou à sua disposição, enquanto isso ficarei em meu quarto, ao menos a maior parte do tempo, e não vou a lugar algum. Se precisar, escreva ou mande chamar."*

Selei o bilhete e o enviei através do criado do corredor, que recebeu a ordem de entregar somente nas mãos dela. Não esperava a resposta, mas três minutos depois o criado voltou com a notícia de que ela tinha "mandado seus cumprimentos".

Lá pelas seis, chamaram-me ao apartamento do general.

Ele estava no escritório, vestido como se estivesse se preparando para ir a algum lugar. Seu chapéu e bengala estavam no divã. Quando entrei, tive a impressão de que ele estava parado no meio do cômodo, de pernas abertas, a cabeça baixa e falando alguma coisa para si mesmo. Mas assim que me viu, voou em minha direção quase aos berros, no que eu inconscientemente dei um passo para trás e quis sair correndo dali; mas ele me agarrou pelos dois ombros e me empurrou para o divã; eu me sentei sozinho, ele sentou-se na minha frente em uma poltrona e, sem largar as minhas mãos, começou a suplicar com a voz vacilante, os lábios trêmulos e os cílios reluzindo de lágrimas:

— Aleksei Ivanovitch, me salve, me salve, me poupe da desgraça!

Por muito tempo, não entendi nada; ele ficou falando, falando e falando, sempre repetindo: "Me salve, me salve!". Por fim, adivinhei que ele esperava de mim algum tipo de conselho; ou, melhor dizendo, depois de ter sido abandonado por todos, mergulhado na angústia e no desespero, se lembrou de mim e mandou me chamar só para ficar ali falando, falando, falando.

Ele estava louco, no mínimo extremamente perdido. Segurava minhas mãos e estava prestes a cair de joelhos na minha frente, para ("o que o senhor acha?") – para que eu fosse à mademoiselle Blanche e lhe pedisse, aconselhasse a voltar para ele e se casar com ele.

— Por favor, general — exclamei —, mas se a mademoiselle Blanche não me deu atenção até agora? O que eu posso fazer?

Mas era em vão recusar: ele não entendia o que eu dizia. Passou a falar da avó, mas seu discurso era apenas terrivelmente delirante; ele ainda estava fixo na ideia de envolver a polícia.

— Lá no nosso país, lá no nosso país — começou ele, de repente espumando de indignação —, enfim, lá no nosso país, que é um governo moderno, onde se tem pulso firme, nós conseguiríamos imediatamente a guarda de uma velha dessas! É isso, sim, meu caro senhor, é isso, meu senhor — continuou, recaindo no tom de um superior que dava uma lição em um subordinado; ele se levantou em um sobressalto e começou a caminhar pelo cômodo. — O senhor ainda não sabe disso, meu caro senhor — ele se dirigia a algum caro senhor imaginário que estaria no canto da sala —, pois fique sabendo agora mesmo... sim, senhor... lá no nosso país velhas desse tipo são controladas à força, à força, sim, senhor, à força, é isso mesmo... ah, mas que diabos!

E ele se atirou novamente no divã e, um minuto depois, quase soluçando e perdendo o ar, correu para me dizer que a mademoiselle Blanche não queria se casar com ele por que, ao invés de chegar um telegrama com a notícia, veio a própria velha e agora já estava claro que ele não receberia herança alguma. Ele deveria acreditar que eu não sabia de nada disso. Eu comecei a falar de Des Grieux; ele fez um gesto de desdém com a mão.

— Foi embora! Tudo o que eu tenho está penhorado com ele, estou pobre feito um monge! O dinheiro que vocês trouxeram... esse dinheiro, eu não sei quanto tem lá, acho que sobraram uns setecentos francos... e, meu senhor, até que basta, mas é tudo, depois disso não sei o que vai acontecer, meu senhor, não sei, meu senhor!...

— E como o senhor vai acertar a conta do hotel? — exclamei assustado. — E depois como fica?

Ele me lançou um olhar pensativo, mas, pela sua expressão, não entendia nada e provavelmente sequer me dava ouvidos. Eu tentei conduzir o assunto para Polina Aleksandrovna e as crianças; ele respondeu apressado.

— Sim! Sim! — Mas imediatamente voltou a falar do príncipe, de que a Blanche casaria com ele e então... — E então, o que eu deveria fazer, Aleksei Ivanovitch? — dirigiu-se subitamente para mim. — Por Deus! O que eu vou fazer, diga, isso é uma ingratidão! Isso não é uma ingratidão?

E finalmente começaram a correr três fios de lágrimas em seu rosto.

Não havia nada a ser feito por uma pessoa assim; deixá-lo sozinho também seria perigoso; poderia acontecer alguma coisa com ele. No entanto, eu dei um jeito de me livrar dele, mas deixei a babá ciente de que deveria vir vê-lo com mais frequência; além disso, falei com o criado do corredor, um rapaz muito inteligente, que me prometeu que também ficaria atento.

Pouco depois de eu deixar o general, Potápytch veio me chamar em nome da avó. Eram oito horas, e ela tinha acabado de voltar do cassino depois de perder seus últimos copeques. Eu fui até lá: a velha estava sentada na cadeira, completamente exausta e evidentemente doente. Marfa deu-lhe uma xícara de chá e quase forçou-a a beber. Sua voz e o tom da avó estavam completamente diferentes.

— Olá, paizinho Aleksei Ivanovitch — disse ela devagar e fazendo uma reverência cerimoniosa com a cabeça —, perdoe-me por tê-lo importunado outra vez, perdoe esta velha. Meu paizinho, eu apostei tudo que tinha, quase cem mil rublos. Você estava certo em não ir comigo ontem. Agora estou sem dinheiro, nem um copeque. Não quero me demorar nem mais um minuto, pegaremos o trem das nove e meia. Eu mandei chamar aquele seu inglês, o Astley, ou o que quer que seja, porque quero pedir-lhe três mil francos para passar a semana. Dê um jeito de convencê-lo para que ele não fique pensando ou recuse o pedido. Paizinho, eu ainda sou bastante rica. Tenho três aldeias e duas casas. Eu ainda tenho dinheiro, não trouxe tudo comigo. Estou lhe dizendo isso para que ele não tenha dúvidas... Ah, e aí está ele! Dá para ver que é uma pessoa boa.

Assim que a avó o chamou, mister Astley veio correndo. Sem pensar duas vezes e sem dizer muita coisa, ele imediatamente lhe entregou os três mil francos mediante uma precatória, que a avó assinou. Feito o negócio, ele fez uma reverência e se apressou para sair.

— Agora vá você também, Aleksei Ivanovitch. Tenho pouco mais de uma hora e quero me deitar, meus ossos estão doendo. Não vá ficar amargurado comigo, esta velha tonta. Agora já não vou acusar os jovens de leviandade, e quanto àquele infeliz, o seu general, eu também estaria cometendo um pecado se o acusasse. Ainda assim não lhe darei dinheiro, como ele gostaria, porque é um completo idiota, a meu ver, se bem que eu, esta velha tonta, não sou melhor do que ele. É verdade, mesmo na velhice não sou mais inteligente do que ele. Mesmo na velhice, Deus realmente rechaça e castiga o orgulho. Está bem, adeus. Marfucha, me leve.

No entanto, eu queria acompanhar a avó. Além disso, eu ainda tinha alguma expectativa, continuava esperando que logo, logo algo aconteceria. Não conseguia ficar parado no meu quarto. Saí para o corredor, nem que fosse para vagar pela aleia por um minutinho. Minha carta para ela tinha sido clara e definitiva, e a presente catástrofe era, de fato, avassaladora. Fiquei sabendo da saída de Des Grieux no hotel. Enfim, embora ela me rejeitasse como amigo, talvez não me recusasse como criado. Eu poderia ser útil nem que fosse para alguma tarefa simples; eu serviria para alguma coisa, é claro!

Na hora da partida, fui correndo à plataforma e me despedi da avó. Todos eles estavam em um vagão especial para famílias. "Obrigado, paizinho, pela sua ajuda desinteressada – ela se despediu de mim –, e reforce à Praskóvia o que eu lhe disse ontem, estarei esperando por ela."

Eu fui para casa. Ao passar perto do apartamento do general, encontrei a babá e perguntei do general. "Ah, paizinho, não aconteceu nada", respondeu um pouco desanimada. Ainda assim eu entrei, mas me detive entre as portas do escritório, completamente confuso. Mademoiselle Blanche e o general gargalhavam juntos. A viúva Cominges também estava ali, sentada no divã. O general estava evidentemente louco de alegria, balbuciava todo tipo de bobagem e soltava um longo riso nervoso, pelo qual todo o seu rosto se apertava em uma infinidade de rugas, que engoliam seus olhos. Depois eu descobri da própria Blanche que, depois de rejeitar o príncipe e saber das lágrimas do general, ela resolveu acalmá-lo e veio dar uma passadinha em seu apartamento. Mas eu não sabia que o pobre general, naquele instante, já tinha seu destino decidido e que Blanche já começara a fazer as malas, porque na manhã seguinte pegaria o primeiro trem para Paris.

Parado sob o batente do escritório do general, eu mudei de ideia e fui embora antes que me notassem. Quando cheguei no meu quarto e fechei a porta, notei de repente uma figura em meio à penumbra, uma pessoa sentada em uma cadeira, no canto da sala, ao pé da janela. Ela não se levantou quando eu cheguei. Rapidamente me aproximei, olhei bem e perdi o ar: era Polina!

CAPÍTULO XIV

Eu dei um grito.

— O que foi? O que foi? — perguntava ela de um jeito estranho. Ela estava pálida, seu olhar era de tristeza.

— Como pode isso? A senhora? Aqui no meu apartamento!

— Se eu resolvi vir, eu venho *por inteiro*. É o meu costume. Logo o senhor vai entender tudo, acenda uma vela.

Eu acendi a vela. Ela se levantou, aproximou-se da mesa e colocou diante de mim uma carta com o selo violado.

— Leia — ela ordenou.

— Mas essa... essa é a letra de Des Grieux! — exclamei, pegando a carta.

Minhas mãos tremiam, e as linhas dançavam diante dos meus olhos. Eu me esqueci das expressões exatas, mas aqui está sua transcrição, se não palavra por palavra, ao menos ideia por ideia.

"Mademoiselle, circunstâncias desfavoráveis me obrigam a partir imediatamente. A senhora com certeza notou que eu evitei uma conversa definitiva com a senhora até que todas as circunstâncias se esclarecessem. A chegada da sua (de la vieille dame) *parente idosa e suas atitudes absurdas acabaram com quaisquer dúvidas que eu tinha até então. A delicadeza dos meus negócios particulares proíbe-me definitivamente de continuar nutrindo as doces esperanças que eu me permiti cultivar por algum tempo. Eu me arrependo do passado, mas espero que minha conduta não lhe seja indigna de um gentleman ou um homem honesto* (gentilhomme et honnête homme). *Depois de ter perdido quase todo o meu dinheiro em empréstimos feitos ao seu padrasto, tenho extrema necessidade de resguardar o pouco que me resta: já informei meus amigos de Petersburgo para que comecem imediatamente a venda da propriedade que estava penhorada comigo; no entanto, sabendo que seu leviano*

padrasto gastou toda a sua fortuna, eu decidi perdoar cinquenta mil francos de sua dívida e devolver-lhe parte da propriedade hipotecada, de tal sorte que a senhorita possa receber de volta tudo o que tinha perdido, se o exigir pelas vias legais. Eu espero, mademoiselle, que nas atuais circunstâncias dos negócios a minha atitude lhe seja extremamente proveitosa. Também espero que essas minhas atitudes sejam vistas como a realização completa do dever de um homem honesto e nobre. Esteja certa de que a sua memória ficou eternamente gravada em meu peito."

— Então está tudo explicado — disse, dirigindo-me a Polina. — E a senhora esperava algo diferente? — adicionei com indignação.

— Eu não esperava nada — respondeu ela com um semblante tranquilo, mas sua voz parecia ter algo de trêmulo. — Há muito eu tinha resolvido tudo; eu adivinhei os pensamentos dele, descobri o que ele estava pensando. Ele estava achando que eu procurava... que eu insistiria... — Ela parou e, sem terminar a frase, mordeu o lábio e se calou. — Eu redobrei a minha suspeita em relação a ele, de propósito — recomeçou ela —, enquanto eu esperava, ficava pensando: o que ele vai aprontar? Se tivesse chegado o telegrama da herança, eu teria quitado a dívida daquele idiota (o padrasto) e teria escorraçado ele! Há muito, muito tempo que eu o achava detestável. Ah, ele não era essa pessoa antes, não era mesmo, mil vezes que não era, mas agora... agora!... Ah, com quanto prazer eu não jogaria esses cinquenta mil na cara dele, naquela cara asquerosa dele, eu jogaria e cuspiria em cima... e ainda esfregaria o cuspe!

— Mas o documento, essa devolução dos cinquenta mil que ele tinha como garantia, ele estaria com o general? Vá buscar e devolva ao Des Grieux.

— Oh, não é a mesma coisa! Não é!...

— Ah, a senhora tem razão, tem razão, não é! E agora o que o general pode fazer? E a vovó? — exclamei de repente.

Polina me lançou um olhar um tanto avoado e impaciente.

— De que adianta a vovó? — disse ela com desdém. — Eu não posso ir morar com ela... e também não quero pedir perdão a ninguém — adicionou irritada.

— Que remédio! — exclamei. — E como, como é que a senhora pôde amar o Des Grieux! Ah, é um sujeito abominável, abominável! Bom, se quiser, eu o matarei em um duelo! Onde ele está agora?

— Ele está em Frankfurt e ficará lá três dias.

— Diga uma só palavra e eu vou para lá amanhã mesmo, no primeiro trem! — disse em um tolo entusiasmo.

Ela riu.

— Para quê? Antes de mais nada ele diria: Primeiro me devolva os cinquenta mil francos. E de que adianta duelar com ele?... Mas que bobagem!

— Bom, então onde vamos pegar esses cinquenta mil francos — repeti entredentes, como se fosse possível fazer esse dinheiro brotar do chão. — Escute, e o mister Astley? — perguntei, dirigindo-me a ela com o princípio de uma estranha ideia. Seus olhos brilharam.

— O que é isso, será que até você quer que eu me case com esse inglês? — disse ela, lançando-me um olhar pungente e um sorriso amargo.

Era a primeira vez na minha vida que ela tinha me tratado por "você". Parecia que, naquele instante, sua cabeça estava girando de preocupação, e de repente ela se sentou no divã, como se estivesse exausta.

Foi como se eu tivesse sido fulminado por um raio; eu estava ali de pé, parado, e não podia acreditar nos meus olhos, não podia acreditar nos meus ouvidos! Isso quer dizer, então, que ela me amava! Ela veio falar comigo, não com o mister Astley! Ela veio sozinha, uma mulher sozinha, veio *ao meu quarto,* em um hotel – provavelmente se comprometendo aos olhos da sociedade –, e eu, eu estava ali diante dela sem entender nada!

Uma ideia maluca me passou pela cabeça.

— Polina! Me dê uma hora apenas! Espere aqui só uma hora e... eu voltarei! Isso é... é imprescindível! Você vai ver! Fique aqui, fique aqui!

E saí correndo do cômodo sem responder aos seus olhares interrogativos e impressionados; ela gritou alguma coisa enquanto eu saía, mas eu não voltei.

Às vezes a ideia mais tresloucada, com toda a aparência de ideia impossível, se agarra com tanta força à sua cabeça que, por fim, você a toma por algo possível... mais do que isso: se a ideia se juntar a um desejo poderoso e apaixonado, então pode ser que chegue a vê-la como algo fatal, imprescindível, predeterminado, como algo que não poderia deixar de ser nem de acontecer! Talvez aqui também houvesse uma combinação de pressentimentos, algum esforço extraordinário da vontade, autointoxicação causada pela minha própria imaginação ou algo mais, não sei; mas naquela noite (da qual eu nunca me esquecerei por toda a minha vida) aconteceu algo miraculoso. Embora isso seja perfeitamente explicável pela aritmética, ainda assim, até hoje eu considero que foi um milagre. E por que, por que essa certeza, tão profunda e viva, se agarrou com tanta força a mim justamente naquele momento, e por quanto tempo esteve incubada em mim? Certamente eu já pensava nisso – repito-lhes –, não foi uma situação como outra qualquer (isso é, algo que pode ou não acontecer), mas foi algo que simplesmente não poderia deixar de acontecer!

Eram dez e quinze; eu entrei no cassino com uma esperança tão firme, e ao mesmo tempo tão preocupado como nunca estive em minha vida. Nos salões de jogo ainda havia bastante gente, embora estivesse mais vazio do que de manhã.

Tarde assim da noite só ficam à mesa de jogos os verdadeiros jogadores, aqueles inveterados, para quem só existem as roletas na estação de águas, aqueles que vêm só para isso, que mal percebem o que está acontecendo ao redor e não tem o menor interesse em toda a estação, só ficam jogando de manhã até a tarde e provavelmente estariam dispostos a jogar noite adentro até o amanhecer, se fosse possível. E eles sempre ficam irritados quando os dispersam à meia-noite, quando as roletas param de funcionar. E quando o crupiê mais experiente anuncia, já perto da meia-noite, antes de encerrarem os jogos: *Les trois dernier coups, messieurs!*,[65] eles todos ficam a ponto de apostar tudo que têm nos bolsos nesses últimos três lances, e realmente é ali que se costuma perder mais. Fui à mesma mesa em que antes ficava a vovó. Não estava muito cheia, então eu rapidamente tomei um lugar próximo à mesa, embora não houvesse onde sentar. Bem diante de mim, no pano verde, estava escrita a palavra *"passe"*. *Passe* é uma fileira de

---

65. *Em francês, "Os últimos três jogos, senhores!". (N.T.)*

números que vai do dezenove ao trinta e seis, incluindo-os. A primeira fileira vai do um ao dezoito, incluindo-os, e chama-se *manque*. Mas de que me importava tudo isso? Eu nem fiz cálculo algum, eu mal ouvi qual tinha sido o último número a sair, nem perguntei isso antes de começar a jogar, como faria qualquer jogador um pouquinho mais calculista. Eu peguei todas as minhas vinte moedas de ouro e joguei no que estava diante de mim, o *passe*.

— *Vingt-deux!*[66] — exclamou o crupiê.

Eu tinha ganhado... Novamente apostei tudo, tanto o que tinha antes quanto o que acabara de ganhar.

— *Trente et un!*[67] — exclamou o crupiê.

Mais uma vitória! Agora eu deveria ter oitenta moedas ao todo! Eu movi todas elas para os doze números intermediários (a vitória paga o triplo, mas as chances eram duas contra uma). A roleta começou a girar e deu o número vinte e quatro. Empurraram-me três rolos de cinquenta táleres e mais dez moedas separadas; ao todo, contando o que já tinha, eram duzentas moedas de ouro.

Eu estava febril e movi toda aquela montanha de dinheiro para o vermelho, de repente me dei conta! Foi a única vez em toda aquela noite, em todos os lances, que fui tomado pelo medo, que me correu pelas costas como um calafrio e se fixou nas minhas mãos e pernas como um tremor. Por um instante reconheci horrorizado o que significaria, para mim, perder o dinheiro naquele momento! Toda a minha vida estava no vermelho!

— *Rouge!* — exclamou o crupiê.

Eu respirei fundo, sentindo como se meu corpo fosse penetrado por várias agulhas quentes. Eles me pagaram em notas; ao todo eu tinha quatro mil florins e oitenta moedas de ouro! (Eu ainda conseguia acompanhar.) Depois, se não me falha a memória, coloquei dois mil florins nos doze números intermediários e perdi; coloquei umas moedas e acabei perdendo. Eu estava tomado pelo frenesi: peguei o que me restava e coloquei nos doze primeiros – assim, aleatoriamente, sem fazer qualquer cálculo! No entanto, naquele instante de espera, eu devo ter

---

66. *Em francês "Vinte e dois!". (N.T.)*
67. *Em francês, "Trinta e um!". (N.T.)*

partilhado da mesma sensação sentida pela madame Blanchard quando ela estava em Paris e despencou do seu balão no chão da cidade.

— *Quatre!*[68] — exclamou o crupiê.

Ao todo, contando com meu montante anterior, eu tinha novamente seis mil florins. Eu já tinha ares de vencedor, eu já não tinha mais medo de nada, nada mesmo, e joguei quatro mil florins no preto. Nove pessoas me acompanharam no meu jogo e também colocaram no preto. Os crupiês trocaram olhares e sussurros. Dava para sentir a expectativa nas conversas ao redor.

Deu um número preto. Eu não me lembro mais as contas nem a ordem das minhas apostas. Só me lembro, como se fosse um sonho, que eu ganhei, parece, dezesseis mil florins; de repente, por causa de uma maré de azar, em três lances perdi doze deles; depois coloquei meus últimos quatro mil no *passe* (mas já não sentia quase nada quando isso aconteceu, eu só fiquei ali esperando, meio mecanicamente, sem pensar em nada) e ganhei de novo; e depois ganhei mais quatro vezes seguidas. Só me recordo de pegar montes de dinheiro aos milhares; me lembro também que os números mais premiados estavam nos doze intermediários, aos quais eu me ative. Eles saíam com certa regularidade, sempre três ou quatro vezes seguidas, depois sumiam por dois lances e depois voltavam a sair três ou quatro vezes seguidas. Essa inacreditável regularidade às vezes está em certas faixas, e essa é a causa de perplexidade dos jogadores que anotam os resultados e ficam fazendo contas a lápis. E que terríveis ironias do destino são essas!

Penso que não havia passado mais de meia hora desde a minha chegada. De repente, o crupiê me anunciou que eu tinha ganhado trinta mil florins, e já que a banca não respondia por mais do que isso de uma só vez, seria necessário fechar a roleta até a manhã seguinte. Eu peguei todo o meu ouro, enfiei-o no bolso, peguei todas as notas e fui imediatamente para outra mesa, em outra sala, em que havia outra roleta; toda uma multidão me acompanhou; arrumaram-me um lugar no mesmo instante e eu me pus a apostar novamente, ao acaso, sem fazer contas. Eu não consigo entender o que tinha me salvado!

---

68. *Em francês, "Quatro!". (N.T.)*

Às vezes, no entanto, algum cálculo despontava na minha cabeça. Eu me apegava a certos números e possibilidades, mas rapidamente os abandonava e voltava às apostas quase inconscientes. Eu devia estar muito distraído, porque me lembro de várias ocasiões em que os crupiês ajeitaram minhas apostas na mesa. Eu cometia erros grosseiros. Minha testa estava encharcada de suor, minhas mãos tremiam. Alguns polonesezinhos vinham correndo para me oferecer seus serviços, mas eu não dava ouvidos a ninguém. A sorte estava do meu lado! De repente ao redor de mim começou uma algazarra de vozes e risadas. "Bravo, bravo!", gritavam todos, alguns até batiam palmas. Eu consegui mais trinta mil florins ali, e a banca fechou até a manhã seguinte!

— Vá para casa, vá para casa — sussurrou-me uma voz à direita. Era um judeu de Frankfurt, ele ficava o tempo todo ao meu lado e, parece, me ajudava às vezes no jogo.

— Pelo amor de Deus, vá para casa — murmurou outra voz na minha orelha esquerda. Eu olhei de soslaio. Era uma dama vestida com roupas extremamente recatadas e decentes, tinha seus trinta anos, uma palidez doentia, um rosto cansado, mas ainda marcado pela magnífica beleza que um dia esteve ali.

Naquele momento, eu abarrotava os bolsos de notas, que eu simplesmente amassava, e recolhia o ouro que tinha ficado na mesa. Depois de pegar o último rolo de cinquenta moedas de ouro, consegui depositá-lo discretamente na mão dessa pálida dama; eu queria muito fazer isso, e aqueles dedinhos finos e magros, eu me lembro bem, apertaram forte a minha mão em sinal de vívida gratidão. Tudo isso aconteceu em um instante.

Depois de pegar tudo, eu me apressei para a mesa de *trente et quarante*.

Na mesa desse jogo havia um público aristocrático. Não era a roleta, mas sim carteado. Aqui a banca se responsabilizava por até cem mil táleres por vez. A maior aposta possível também era quatro mil florins. Eu não sabia absolutamente nada do jogo e nem sabia direito como fazer apostas, além de vermelho e preto, que também havia por aqui. Eu me apeguei a eles. Todo o salão se apertava ao meu redor. Eu não me lembro se cheguei a pensar na Polina ao longo de todo esse período. Naquele momento eu sentia certo prazer indescritível ao pegar e empilhar as notas que formavam um monte à minha frente.

Era realmente o destino quem me comandava. Dessa vez, como se fosse de propósito, havia certa circunstância, que, no entanto, se repetia com bastante frequência no jogo. Às vezes uma cor estava em uma maré de sorte, por exemplo, o vermelho, e ele saía várias vezes seguidas, umas dez ou mesmo quinze vezes. Eu tinha ficado sabendo, dois dias antes, que o vermelho tinha chegado a sair vinte e duas vezes seguidas na semana passada; na roleta, um caso semelhante nem seria lembrado, mas ali era contado com espanto. Evidentemente todos imediatamente abandonaram o vermelho e, por exemplo, depois de dez lances, quase ninguém ousaria apostar nele. Mas nenhum dos jogadores experientes tampouco apostaria no negro, que é oposto ao vermelho. O jogador experiente sabe o que significa esse "capricho do destino". Por exemplo, seria de se supor que depois de dezesseis vitórias do vermelho, a décima sétima seria do preto, certamente. Os novatos correm em bando, duplicando ou triplicando suas apostas, e perdem quantias imensas.

No entanto, por algum estranho desígnio, eu tinha percebido que o vermelho já ganhara sete vezes seguidas, por isso me ative a ele. Estava convencido de que a vaidade tomava bastante parte nisso; eu queria impressionar os espectadores assumindo riscos insanos, e – que sensação estranha – me lembro vivamente de ter sido tomado de assalto por uma terrível ânsia por risco, sem qualquer ligação com a minha vaidade. Pode até ser que, atravessando diversos estados, minha alma não ficasse satisfeita só com isso, ela começava a exigir sensações cada vez mais e mais poderosas, até chegar à exaustão completa. E, de fato, eu não estaria mentindo se dissesse que, se o regulamento permitisse, teria colocado os cinquenta mil florins em uma única jogada. Ao redor, todos gritavam que isso era loucura, que o vermelho já tinha ganhado catorze vezes seguidas!

— *Monsieur a gagné déjà cent mille!*[69] — disse uma voz perto de mim.

---

69. *Em francês, "O senhor já ganhou cem mil!". (N.T.)*

O JOGADOR

De repente, caí em mim. Como assim? Eu tinha ganhado cem mil florins naquela noite! E por que eu precisaria de mais? Eu agarrei todas aquelas notas, enfiei-as no bolso, sem ao menos contar todas, juntei todo o meu ouro, todos aqueles rolinhos e saí correndo do cassino. Ao redor, todos ficaram rindo quando eu atravessei os salões com os bolsos abarrotados, e viam meus passos trôpegos por causa do peso das moedas de ouro. Acho que deveria estar carregando mais de oito quilos. Algumas mãos se esticavam para mim; eu entregava aos punhados, fosse quanto pegasse. Dois judeus me pararam à saída.

— O senhor é corajoso! O senhor é muito corajoso! — disseram-me. — Mas é melhor ir embora amanhã de manhã sem falta, o mais cedo que puder, senão o senhor perderá tudo, tudo mesmo...

Eu não lhes dei ouvidos. A aleia estava tão escura que não conseguia enxergar nem as minhas próprias mãos. Até o hotel era meio quilômetro. Eu nunca tive medo de ladrões, assassinos, nem mesmo quando era pequeno; também não pensei nisso até agora. Pelo contrário, eu não me lembro do que me passava pela cabeça ao longo do caminho; não pensava em nada. Eu sentia apenas um estranho prazer no sucesso, os ganhos, o poder, não sei como expressar. Cintilava diante de mim a imagem da Polina; me lembrei dela e reconheci que estava indo vê-la, logo eu estaria junto dela e falaria com ela, mostraria... mas eu já mal conseguia me lembrar do que ela tinha dito hoje mais cedo para mim, e o motivo que me levara até ali, e tudo aquilo que sentira há uma hora e meia me parecia tão distante, perdido, amarelado pelo tempo, algo de que já nem se lembra mais, porque agora teríamos um novo começo. Quase ao final da aleia fui tomado pelo medo: "E se me matassem e roubassem agora?". A cada passo o meu terror redobrava. Eu já estava quase correndo. De repente, ao final da aleia despontaram as luzes do nosso hotel, iluminado pela infinidade de velas; graças a Deus, estava em casa!

Eu fui correndo até o meu andar e abri a porta de supetão. Polina estava ali, sentada no meu divã, diante de uma vela acesa, os braços cruzados. Ela me lançou um olhar perplexo; e, claro, eu devia estar com um aspecto muito estranho naquele momento. Parei diante dela e comecei a despejar sobre a mesa todo aquele monte de dinheiro.

CAPÍTULO XV

Eu me lembro do seu olhar horrorizado, mas ela não se mexeu, sequer mudou sua postura.

— Eu ganhei duzentos mil francos — exclamei, tirando o último rolo do bolso.

Uma enorme pilha de notas e rolos de moedas de ouro ocupava toda a mesa, eu não pude tirar meus olhos dela; por alguns minutos tinha me esquecido completamente de Polina. Ora eu me punha a ajeitar as notas em montinhos, ora separava a montanha de ouro; ora jogava tudo e ficava andando a passos rápidos pelo cômodo, pensativo, depois corria à mesa e me punha a contar o dinheiro novamente. Subitamente, como se tivesse voltado a mim, corri até a porta e a tranquei depressa, passando a chave duas vezes. Depois me detive diante das minhas pequenas malas.

— Será que deixo na mala até amanhã? — perguntei dirigindo-me enfim à Polina, tendo lembrado dela de repente. Ela continuava sentada sem se mover, no mesmo lugar, mas seus olhos estavam cravados em mim. Seu rosto tinha uma expressão estranha; eu achava aquele semblante desagradável! E não estaria enganado se dissesse que ele estava impregnado de ódio.

Fui correndo até ela.

— Polina, aqui tem vinte e cinco mil florins, o que dá cinquenta mil francos, mais até. Pegue, jogue na cara dele amanhã.

Ela nem me respondeu.

— Se você quiser, eu mesmo levo, logo de manhã cedo. O que acha?

Ela estourou em risos, que duraram muito tempo.

Eu a olhei com um misto de surpresa e mágoa. Esse riso era muito parecido com um riso recente, particular, zombeteiro que sempre respondia às minhas apaixonadas confissões. Por fim ela parou e franziu o cenho; lançando-me um olhar austero por trás das sobrancelhas.

— Eu não vou pegar o seu dinheiro — disse ela com desdém.

— Como assim? O que é isso? — exclamei. — Polina, mas por quê?

— Eu não aceito esmolas.

— Eu estou oferecendo como amigo; eu lhe ofereço a minha vida.

Ela fixou seu olhar em mim, um olhar inquisitivo, como se quisesse me atravessar.

— Você está pagando caro — disse ela, rindo —, a amante de Des Grieux não custa cinquenta mil francos.

— Polina, como você pode falar assim comigo! — gritei em tom de reprovação. — Acha que sou o Des Grieux?

— Eu te odeio! Sim... é isso!... Eu não amo você mais do que amo Des Grieux — gritou ela, seus olhos de repente começaram a cintilar.

Nesse momento ela escondeu o rosto rapidamente com as mãos, tomada de assalto pela histeria. Eu corri até ela.

Eu entendi que alguma coisa tinha acontecido enquanto eu estava fora. Ela não estava em pleno juízo.

— Me comprar! É isso que você quer? É isso? Por cinquenta mil francos, como o Des Grieux? — ela gritou em meio aos soluços convulsivos. Eu a abracei, beijei suas mãos, seus pés, caí de joelhos diante dela.

O ataque de histeria passou. Ela colocou as duas mãos nos meus ombros e me olhou fixamente; parecia que queria ler alguma coisa nas linhas do meu rosto. Ela me escutava, mas, aparentemente, não ouvia o que eu estava falando. Um traço de preocupação e introspecção surgiram em seu rosto. Eu temia por ela, eu tinha a nítida impressão de que sua mente não estava bem. Ela começou, de repente, a me atrair suavemente, um sorriso desconfiado passeava em seus lábios; então ela me empurrava subitamente para longe e voltava a me fitar com aquele olhar turvo.

De repente, se jogou em meus braços.

— Então você me ama, não ama? — disse ela. — E você, você até... queria duelar com o barão por minha causa! — E de repente ela começou a gargalhar, como se algo engraçado tivesse subitamente passado por sua cabeça.

Ela chorava e ria ao mesmo tempo. E o que eu poderia fazer? Eu mesmo estava em um estado febril. Me lembro de como ela estava me dizendo alguma coisa, mas eu quase não conseguia entender nada. Era algum tipo de delírio, uma espécie de balbucio, era como se ela quisesse me contar algo muito rápido, um delírio interrompido aqui e ali por um riso felicíssimo, que começava a me assustar.

— Não, não, meu querido, querido! — repetia ela. — Você é fiel! — E novamente colocou suas mãos nos meus ombros, fixou outra vez seus olhos em mim e continuou falando. — Você me ama... me ama... você me amaria?

Eu não desviei os olhos dela; eu nunca a tinha visto, até então, desmanchar-se em afeto e carinho desse jeito; para falar a verdade, isso certamente era fruto de um delírio, mas... quando ela percebeu meu olhar apaixonado, abriu um sorriso oblíquo e, de repente, começou a falar do mister Astley.

Aliás, se pôs a falar do mister Astley sem parar (principalmente naquele momento em que estava tentando me contar alguma coisa), mas era algo que eu simplesmente não conseguia entender; parecia que ela até ria dele; repetia o tempo todo que ele estava esperando... e perguntava se eu sabia que com certeza ele estava agora mesmo embaixo da janela.

— Sim, é verdade, ali embaixo da janela, vá lá, abra, veja, vá ver, ele está ali, ali mesmo!

Ela me empurrava para a janela, mas era só eu demonstrar a intenção de ir que ela caía na gargalhada; eu ficava parado diante dela, e ela vinha me abraçar.

— Nós vamos embora? Vamos embora amanhã mesmo? — Ela foi tomada por uma preocupação. — É que... — E ela ficou pensativa. — Assim nós podemos alcançar a vovó, o que acha? Acho que poderíamos alcançá-la em Berlim. O que você acha que ela diria quando visse que nós a alcançamos? E o mister Astley?... E então, acha que ele vai se jogar do Schlangenberg, você acha? — Ela gargalhou. — Então me escuta, você sabe onde ele vai passar o próximo verão? Ele quer ir para o Polo Norte participar de uma expedição científica e queria que eu fosse com ele, ha, ha, ha! Ele me disse que nós, russos, não saberíamos de nada sem os europeus, nem seríamos capazes de nada... mas ele também é uma pessoa tão boa! Sabe, ele perdoou o "general"; ele diz que a Blanche... que a paixão... mas eu não, não sei mesmo... — De repente ela começou a repetir, como se estivesse começando a falar e se perdesse. — Eles são uns coitados, tenho pena deles, e a vovó... Mas então me escuta, me escuta, então onde que você vai matar o Des Grieux? E será que, será mesmo, que você pensava em matá-lo? Ah, seu tonto! Será que você poderia pensar que eu o deixaria duelar com o Des Grieux? Você nem mataria aquele tal barão — adicionou ela, rindo de repente. — Oh, como você foi engraçado com aquele barão; eu fiquei olhando para vocês dois lá do banco; e você nem queria ir quando eu te ordenei. Como eu ri aquele dia, mas eu ri tanto aquele dia!

E de repente ela me beijou de novo e me abraçou, outra vez apertava seu rosto contra o meu de maneira apaixonada e delicada. Eu já não sabia o que pensar, nem o que estava ouvindo. Minha cabeça rodopiava...

Acho que deveria ser por volta das sete horas da manhã quando acordei; o sol iluminava o quarto. Polina estava sentada perto de mim e me olhava de um jeito estranho, como se tivesse saído das trevas e estivesse reorganizando as memórias. Ela também tinha acabado de acordar e olhava fixamente para a mesa e para o dinheiro. Minha cabeça estava pesada e doía. Tentei pegar a mão de Polina; ela subitamente se afastou de mim e se levantou do divã, sobressaltada. O dia que começava estava acinzentado, chovia e estava nublado. Ela foi à janela, abriu, esticou a cabeça e o peito para fora, apoiou-se nos cotovelos, fincados no umbral da janela, e ficou ali uns três minutos sem se voltar para mim nem ouvir o que eu lhe dizia. Um pensamento me veio à cabeça e trouxe consigo um medo: o que aconteceria agora e como isso terminaria? De repente ela deixou a janela, foi até a mesa e me olhou com uma expressão de infinito ódio, e com os lábios trêmulos de raiva, disse-me:

— Então me dê agora mesmo os meus cinquenta mil francos!

— Polina, outra vez, outra vez! — eu ia falar.

— Ou será que você mudou de ideia? Ha, ha, ha! Será que já está sentindo pena?

Os vinte e cinco mil florins, que tinham sido separados na véspera, estavam ali na mesa; eu os peguei e entreguei à Polina.

— Então eles são meus agora? É isso? Não é? — ela me perguntava com raiva, segurando o dinheiro nas mãos.

— Sim, são e sempre foram seus — disse.

— Então olha só o que eu faço com seus cinquenta mil francos! — Ela gargalhou e os jogou no meu rosto. O pacote bateu com força e as notas se espalharam pelo chão. Depois de fazer isso, Polina saiu correndo do meu quarto.

Eu sei que ela estava, evidentemente, fora de si, ainda que eu não entenda essa sua loucura temporária. É verdade, ela ainda não se recuperou por completo até hoje, mesmo passado um mês. Qual era, no entanto, a razão dessa condição; e o mais importante, de onde tinha vindo aquele disparate? Orgulho ferido? Seria o desespero de ter resolvido vir ao meu apartamento? Eu não teria causado a impressão de estar envaidecido pela minha felicidade e, na verdade, agia exatamente como Des Grieux ao tentar me livrar dela dando-lhe cinquenta mil francos? Mas não foi assim, eu tenho consciência disso. Penso que, em parte, a culpa era de sua própria vaidade, uma vaidade que a levava a não acreditar em mim e a me ofender, embora tudo isso se lhe apresentasse, talvez, como algo extremamente vago. Se for esse o caso, é claro, eu respondia por Des Grieux e me tornava o culpado, mesmo sem ter muita culpa. Realmente isso tudo foi só um delírio; eu realmente sabia que ela estava delirando e... não prestou atenção a essa circunstância. Será que agora ela não poderia me perdoar por isso? Sim, mas isso é só agora; e o que vai ser depois, e depois? Afinal, seriam tão terríveis o seu delírio e a sua doença para que ela se esquecesse por completo do que fizera ao vir ao meu apartamento com a carta de Des Grieux? Quer dizer que ela sabia o que estava fazendo.

Eu joguei todas as notas e o monte de ouro sobre a cama de qualquer jeito e com pressa, cobri tudo e saí uns dez minutos depois de Polina. Eu estava convencido que ela voltara correndo para casa, e quis ir visitá-los discretamente para perguntar à ama, ainda na entrada, como andava a saúde da senhorita. Qual não foi minha surpresa quando encontrei a babá ao pé da escada e descobri que Polina ainda não tinha voltado para casa e que a própria ama fora à minha casa atrás dela.

— Agora mesmo — disse-lhe —, ela acabou de sair do meu apartamento, faz uns dez minutos, aonde ela pode ter ido?

A ama me lançou um olhar de reprovação.

O JOGADOR

E, enquanto isso, veio à tona toda a história, que já tinha percorrido o hotel. Entre os criados, e mesmo ao ouvido do *Oberkellner*, sussurrava-se que a *Fräulein*[70] saíra correndo do hotel às seis da manhã, debaixo de chuva, e fora em direção ao Hôtel d'Angleterre. De acordo com as insinuações deles, percebi que sabiam que ela tinha passado a noite no meu quarto. No entanto, já corria o boato de toda a família do general: todos sabiam que o general tinha perdido a razão no dia anterior e ficava chorando pelo hotel. Também diziam que a avó era a mãe dele, que tinha vindo direto da Rússia só para impedir o casamento do filho com a mademoiselle de Cominges; se ele desobedecesse, ela o deserdaria. Como ele realmente não lhe deu ouvidos, ela foi ao cassino e perdeu todo o seu dinheiro de propósito para que ele não ficasse com nada. *"Diese Russen!"*,[71] repetiu o *Oberkellner* indignado, balançando a cabeça negativamente. Os outros riam. O *Oberkellner* preparou a conta. Todos também sabiam dos meus ganhos; Karl, o criado do meu corredor, foi o primeiro a me parabenizar. Mas eu não tinha tempo para isso. Fui correndo ao Hôtel d'Angleterre.

Ainda era cedo, por isso o mister Astley não recebia ninguém; quando soube que era eu, foi ao corredor e parou diante de mim, penetrando-me com seu olhar metálico, como se estivesse esperando alguma coisa: o que eu digo? Imediatamente perguntei de Polina.

— Ela está doente — respondeu mister Astley, olhando-me daquele jeito.

— Então ela está no seu apartamento?

— Oh, sim, está.

— Então o senhor... o senhor pretende mantê-la aí?

— Oh, sim, pretendo.

— Mister Astley, isso será um escândalo, não tem como fazer isso. Além disso, ela está muito doente; será que o senhor não percebeu?

— Oh, sim, eu percebi e até já lhe falei que ela está doente. Se ela não estivesse doente, não teria passado a noite no seu quarto.

— Então o senhor está sabendo disso?

---

70. *Em alemão, "senhorita". (N.T.)*
71. *Em alemão, "esses russos!" (N.T.)*

— Sim, sei. Ela veio aqui ontem, e eu teria prazer em levá-la à casa de uma mulher da minha família, mas como ela estava doente, ela se equivocou e foi à sua casa.

— Imagine só! Meus parabéns, mister Astley. Aliás o senhor me deu uma ideia: o senhor não teria passado a noite toda sob a nossa janela? A miss Polina passou a noite toda tentando me fazer abrir a janela para ver se o senhor não estava debaixo da nossa janela, e ela ficava gargalhando.

— É mesmo? Não, eu não fiquei debaixo da janela; mas eu fiquei no corredor e circulei por ali também.

— Mas é que ela precisa de cuidados, mister Astley.

— Oh, sim, eu já chamei um médico, e se ela vier a falecer, o senhor vai acertar as contas comigo pela morte dela.

Eu me espantei.

— Perdão, mister Astley, o que o senhor está querendo dizer?

— Mas não é verdade que o senhor ganhou duzentos mil táleres ontem?

— Foram só cem mil florins ao todo.

— Então aí está! Pois vá a Paris amanhã cedo.

— Para quê?

— Quando têm dinheiro, vocês russos vão a Paris — esclareceu mister Astley com um tom de voz de quem estava lendo em um livro.

— E o que eu vou fazer agora, no verão, em Paris? Eu a amo, mister Astley! O senhor bem sabe disso.

— Será mesmo? Eu estou certo de que não a ama. Além disso, se ficar aqui, vai acabar perdendo tudo, e o senhor não terá como ir a Paris. Então adeus, eu estou totalmente convencido de que o senhor irá a Paris ainda hoje.

— Está bem, adeus, só que eu não vou a Paris. Pense bem, mister Astley, o que acontecerá conosco agora? Em suma, o general... e agora esse incidente da Miss Polina, isso vai correr pela boca de toda a cidade.

Eu fui, zombando da estranha convicção desse inglês de que eu iria a Paris. "E ainda assim ele quer duelar comigo – pensei – se a mademoiselle Polina vier a morrer, mais essa agora!" Juro que tinha pena de Polina, mas é estranho, porque ontem, assim que botei meus pés no salão de jogos e comecei a juntar os pacotes de dinheiro, parecia que meu amor tinha sido jogado para um segundo plano. Isso é o que digo em retrospectiva, mas naquele momento eu ainda não tinha percebido isso de maneira tão clara. Será que eu realmente era um jogador, será que eu realmente... amava Polina desse jeito tão estranho? Não, eu a amo até agora, Deus é testemunha! E quando eu deixei o mister Astley e fui em direção ao meu apartamento, sofri sinceramente e me recriminei. Contudo... contudo aconteceu comigo uma situação estranha e tola ao extremo.

Apressei-me à casa do general, quando de repente avistei à distância que a porta do apartamento deles se abria e alguém me chamava. Era a mademoiselle viúva Cominges, que me chamava a pedido de mademoiselle Blanche. Entrei no apartamento delas.

A residência era bem grande, dois quartos. Ouviam-se gritos e risos de mademoiselle Blanche vindos do quarto. Ela se levantou da cama.

— *Ah, c'est lui!! Vien dons, bêta!* É verdade que *tu as gagné une montagne d'or et d'argent? J'aimerais mieux l'or.*[72]

— Ganhei — respondi rindo.

— Quanto?

— Cem mil florins.

— *Bibi, comme tu es bête*. Venha, venha aqui, eu mal consigo ouvir. *Nous ferons bombance, n'est ce pas?*[73]

Eu entrei no quarto dela. Ela estava enrolada em um lençol de cetim cor de rosa, do qual despontavam seus maravilhosos ombros acobreados e saudáveis, ombros que só se vê em sonhos, displicentemente cobertos pela camisola de cambraia de rendinhas brancas, cujo tom combinava à perfeição com sua pele morena.

— *Mon fils, a-tu du coeur?*[74] — exclamou ela ao me ver, e riu. Sua risada era sempre muito feliz e, às vezes, até sincera.

— *Tout autre...*[75] — comecei, parafraseando Corneille.

---

72. *Em francês, "Ah, é ele!! Venha cá, bobinho! É verdade que você ganhou uma montanha de ouro e dinheiro? Eu gosto mais do ouro". (N.T.)*
73. *Em francês, "Meu benzinho, como você é bobo. Venha, venha aqui, eu mal consigo ouvir. Nós vamos nos divertir, não é mesmo?". (N.T.)*
74. *Em francês, "Meu querido, você é corajoso?". (N.T.)*
75. *Em francês, "Pelo contrário...". (N.T.)*

— Ora, *vois-tu* — ela interrompeu de repente —, antes de mais nada, encontre as minhas meias-calças e me ajude a calçá-las; depois *si tu n'es pas trop bête, je te prends a Paris*.[76] Você sabe que estou indo para lá agora mesmo.

— Agora?

— Em meia hora.

De fato, tudo estava em ordem. Todas as suas malas e pertences estavam prontos. O café estava posto há muito.

— *Eh, bien*! Se quiser, *tu verras Paris. Dis donc qu'est ce que c'est qu'un outchitel? Tu etais bien bête, quand tu etais outchitel.*[77] Onde estão minhas meias? Venha calçá-las para mim, anda!

Ela esticou-me um pezinho realmente encantador, moreno, sem nem uma deformação causada pelos sapatos, como são quase todos os pezinhos por aí que parecem lindos dentro dos seus sapatinhos. Eu comecei a rir e me pus a calçar sua meinha de seda. Enquanto isso, mademoiselle Blanche ficou sentada na cama, tagarelando.

— *Eh bien, que feras-tu si je te prends avec?* Em primeiro lugar, *je veux cinquante mille francs*, que você me dará em Frankfurt. *Nous allons à Paris*, onde moraremos juntos *et je te ferai voir des étoiles en plein jour*.[78] Você conhecerá mulheres do tipo que nunca nem viu. Escuta...

— Pare, se eu te desse cinquenta mil francos, o que me sobraria?

— *Et cent mille francs*, você se esqueceu, e além de tudo, eu concordo em morar no seu apartamento por um, dois meses, *que sais-je!* É claro que nós gastaremos esses cento e cinquenta mil francos em dois meses. Você verá que *je suis une bonne enfant,* e lhe digo isso de antemão, *mais tu verras des étoiles*.[79]

— Como assim, gastaríamos tudo isso em dois meses?

---

76. *Em francês, "se você não for tolo demais, eu te levo a Paris". (N.T.)*
77. *Em francês, "você verá Paris. Venha me contar como é ser um professor. Você era bem tonto, quando era professor". (N.T.)*
78. *Em francês, "Está bem, e o que você faria se eu te levasse comigo? (...) lugar, eu quero cinquenta mil francos, (...) Iremos a Paris, (...) e eu te farei ver estrelas em pleno dia". (N.T.)*
79. *Em francês, "Mais cem mil francos, (...) eu lá sei! (...) eu sou uma boa menina,(...) você verá estrelas". (N.T.)*

— Ora, mas como! Chega a se assustar! *Ah, vil esclave!* Você não percebe que um mês dessa vida é melhor do que toda a sua existência? Um mês, *et après le déluge!*[80]

Nesse momento, eu estava calçando o outro pezinho, mas não me aguentei e dei-lhe um beijo. Ela puxou-o bruscamente e começou a bater-me no rosto com a pontinha do pé. Por fim, ela me mandou embora de vez.

— *Eh bien, mon outchitel, je t'attends, si tu veux;*[81] estou indo em quinze minutos! — gritou ela quando eu saía.

Enquanto voltava para casa, eu me sentia como se estivesse tonto. Eu não tinha culpa se a mademoiselle Polina me jogara o pacote inteiro na cara e, no mesmo dia, preferira o mister Astley a mim. Algumas notas ainda estavam espalhadas pelo chão, e eu as juntei. Nessa hora, a porta se abriu e surgiu o próprio *Oberkellner* (que antes não se dignava nem a me olhar) com um convite: não seria melhor se eu me mudasse para o apartamento de baixo, o mesmo em que até então estava o conde V.?

Eu fiquei parado, pensando.

— A conta! — exclamei. — Vou embora agora mesmo, em dez minutos.

"Se é Paris, que seja Paris! – pensei comigo mesmo. – Estava escrito."

Quinze minutos depois nós realmente estávamos os três em um vagão reservado: eu, mademoiselle Blanche e a madame viúva Cominges. Mademoiselle Blanche gargalhava, olhando para mim, quase histérica. A viúva Cominges a imitava. Não digo que eu não estava animado. A vida se dividira em duas, mas desde a véspera eu já estava acostumado a apostar tudo. Talvez fosse mesmo verdade que eu não podia suportar a influência do dinheiro e tenha acabado por perder a cabeça. *Peut-être, je ne demandais pas mieux.*[82] Tinha a impressão de que a decoração mudaria temporariamente – mas só por algum tempo. "Mas eu estarei de volta dentro de um mês, e então... e então nós vamos acertar as contas, mister Astley!" Não, se a memória não me falha agora, naquele

---
80. Em francês, "Ah, vil escravo! (...) e depois o dilúvio!". (N.T.)
81. Em francês, "Pois bem, professorzinho, eu te espero, se quiser". (N.T.)
82. Em francês, "Pode ser, eu não esperaria algo melhor".(N.T.)

momento eu estava terrivelmente triste, embora risse sem parar com aquela bobinha da Blanche.

— Mas o que você tem! Como é bobo! Ah, como você é bobo! — exclamava Blanche, interrompendo seu riso para repreender-me seriamente. — Está bem, vai, está bem, está bem, nós gastaremos os seus duzentos mil francos, por outro lado... *mais tu serais heureux comme un petit roi;*[83] eu mesma vou ajeitar sua gravata e te apresentar à Hortense. E quando nós tivermos torrado todo o nosso dinheiro, você voltará para cá e quebrará a banca outra vez. O que lhe disseram aqueles judeus? O importante é ter coragem, o que você tem mesmo, e não vai ser a única vez que você me levará dinheiro a Paris. *Quant à moi, je veux cinquante mille francs de rente et alors...*[84]

— Mas e o general? — perguntei.

— Ora, você mesmo sabe do general, virá todo dia trazer um buquê de flores para mim. Dessa vez eu o mandei buscar as flores mais raras, de propósito. O pobrezinho ficou rodando para lá e para cá e, quando ele voltar, verá que o passarinho saiu voando. Ele virá correndo atrás de nós, você vai ver. Ha, ha, ha! Eu ficarei muito feliz. Ele me será útil em Paris; mister Astley vai pagar a conta dele aqui...

E foi assim que eu acabei em Paris.

---

83. *Em francês, "mas você será feliz como um reizinho". (N.T.)*
84. *Em francês, "Quanto a mim, quero os cinquenta mil francos de renda e depois...". (N.T.)*

CAPÍTULO XVI

O que posso dizer de Paris? Tudo foi, sem dúvida, delírio e tolice. Eu vivi em Paris só três semanas e mais um pouco, e nesse período foram consumidos todos os meus cem mil francos por completo. Só falei em cem mil francos, porque o resto eu dei à mademoiselle Blanche em dinheiro vivo, cinquenta mil em Frankfurt e, passados três dias em Paris, dei-lhe mais cem mil em nota promissória, que ela cobrou uma semana depois, *"et les cent mille francs qui nous restent, tu les mangeras avec moi, mon outchitel"*.[85] Ela sempre me chamava de professor. Seria difícil imaginar alguma coisa mais calculista, mesquinha e gananciosa neste mundo do que a mademoiselle Blanche. Mas isso é só em relação ao seu próprio dinheiro. Ao lidar com os meus cem mil francos, ela me declarou prontamente que precisaria deles para sua primeira estadia em Paris. "Como agora eu me coloquei em uma situação favorável definitivamente, agora ninguém me derrubará mais, e por muito tempo, pelo menos eu me certifiquei disso", ela adicionou. Contudo, eu mal vi esses cem mil; o dinheiro ficou o tempo todo com ela, e na minha carteira, que ela inspecionava diariamente, nunca houve mais de cem francos, quase sempre menos que isso.

— Mas você quer dinheiro para quê? — dizia às vezes com uma cara inocentíssima, e eu não discutia com ela.

Contudo, ela empregava muito, muito bem esse dinheiro em seu apartamento; e quando me levou para a nova residência, enquanto mostrava os cômodos, me disse: "É isso que dá para fazer com cuidado e bom gosto, usando os meios mais miseráveis". Essa miséria custou, no entanto, exatamente cinquenta mil francos. Com os outros cinquenta mil, ela contratou uma carruagem, cavalos, e além disso nós demos dois

---

85. *Em francês, "e os cem mil francos que nos restaram, você os devorará comigo, meu professor". (N.T.)*

bailes, isso é, duas festinhas, em que foram Hortense, Lisette e Cléopâtre, mulheres notáveis por muitas, muitas qualidades e longe de serem feias. Nessas duas festinhas, eu fui obrigado a fazer o tolíssimo papel de anfitrião, conhecer e entreter os comerciantes riquíssimos e burríssimos, de uma ignorância e falta de vergonha indescritíveis; toda sorte de oficiais do exército e autorezinhos lamentáveis e copistas de jornal, que apareciam vestindo os fraques da moda, luvas amarelas, e com autoestima e arrogâncias tão desproporcionais que nem se poderia imaginar lá, mesmo lá em Petersburgo, e isso em si já diz muito. Eles inventavam de zombar de mim, mas eu bebia champanhe até ficar bêbado e ia dormir no quarto dos fundos. Eu achava tudo aquilo terrivelmente revoltante.

— *C'est um outchitel* — Blanche falava a meu respeito —, *il a gagné deux cent mille francs*[86]. — e dizia que sem mim não teria a menor ideia de como gastá-los. — E depois ele voltará a ser um professor. Você não saberia de alguém que esteja precisando? Precisamos fazer alguma coisa por ele.

Eu comecei a recorrer ao champagne com muita frequência, porque estava sempre muito triste e entediado ao extremo. Eu levava a melhor vida burguesa, no mais restrito meio de comerciantes, em que cada moeda era contada e verificada. Blanche não gostava muito de mim nas primeiras duas semanas, eu percebi isso, é verdade, ela me vestia com roupas extravagantes e ajeitava-me a gravata todos os dias, mas em sua alma nutria verdadeiro ódio por mim. Eu não dava a mínima atenção a isso. Entediado e melancólico, comecei a frequentar o *Château des Fleurs*, ao qual eu ia todas as noites para me embebedar e aprender a dançar cancã (que dançavam por lá sem o menor pudor), e acabei ganhando certa fama nessa dança. Por fim, Blanche me compreendeu: ela tinha uma ideia, até então, de que, enquanto vivêssemos juntos, eu andaria atrás dela com papel e lápis, contabilizando tudo o que ela gastava, quanto roubava, quanto gastaria e quanto ainda viria a roubar. E, claro, estava convencida de que haveria uma batalha entre nós por cada dez francos. A cada investida minha, que ela já teria previsto com antecedência, haveria um contra-ataque preparado de an-

---

86. *Em francês, "É um professor (...) ele ganhou duzentos mil francos". (N.T.)*

temão; mas como não via qualquer ação de minha parte, a princípio ela discutia sozinha. De vez em quando, já começava inflamadíssima, mas vendo que eu não dizia nada – geralmente estirado no sofá e olhando o teto sem me mover um centímetro –, acabava por ficar surpresa. No começo ela pensava que eu era simplesmente idiota, *un outchitel*, e simplesmente parava as suas explicações, provavelmente pensando consigo: "Ele é mesmo um tonto, não há motivos para explicar nada, já que ele mesmo não entende nada". Então ela ia embora e voltava uns dez minutos depois (isso acontecia quando ela gastava quantias exorbitantes, gastos que evidentemente não condiziam com nossas posses. Um dia, por exemplo, ela trocou os cavalos e comprou um par que custava dezesseis mil francos).

— E então, *Bibi*, não vai ficar bravo? — ela se dirigiu a mim.

— Nã-ã-ão! Você me cansa! — eu disse, afastando-a com o braço, mas ela achava isso tão curioso que imediatamente sentou-se ao meu lado.

— Sabe, se eu resolvi pagar tanto, é porque a venda era uma oportunidade. Podemos vendê-los por vinte mil francos.

— Eu acredito, acredito, sim; os cavalos são magníficos, e agora você poderá sair em grande estilo; é muito útil, agora me deixe.

— Então você não ficou bravo?

— Pelo quê? Você agiu muito bem por ter providenciado essas coisas das quais precisava. Tudo isso lhe será muito útil depois. Eu entendo que você realmente precisa se colocar nessas condições, do contrário não conseguirá um milhão. Aqui os nossos cem mil francos são só o começo, uma gota no oceano.

Blanche esperava qualquer outra coisa vinda de mim (provavelmente gritos e censuras), por isso parecia que o chão lhe sumia sob os pés.

— Então você... então você é desse jeito! *Mais tu as de l'esprit pour comprendre! Sais-tu, mon garçon,*[87] embora você seja um professor, você deveria ter nascido príncipe! Então você não se importa que o nosso dinheiro está indo tão rápido?

---

87. *Em francês, "Mas você tem a inteligência para compreender! Sabe, meu mocinho". (N.T.)*

— Pois que fosse mais rápido ainda!

— *Mais... sais-tu... mais dis donc*, você é rico, é isso? *Mais sais-tu*, pelo jeito você odeia mesmo o dinheiro. *Qu'est ce que tu feras après, dis donc?*⁸⁸

— *Après* viajarei para Hamburgo e ganharei mais cem mil francos.

— *Oui, oui, c'est ça, c'est magnifique!* E eu sei que você definitivamente ganhará e trará aqui. *Dis donc*, desse jeito você fará com que eu me apaixone de vez por você! *Eh bien*, como você é assim, desse seu jeito, eu vou amá-lo todo esse tempo e não serei infiel. Sabe, até agora eu não te amava, *parce que je croyais, que tu n'est qu'un outchitel (quelque chose comme un laquais, n'est-ce pas?)*, mas eu ainda assim fui fiel, *par que je suis bonne fille.*⁸⁹

— Está bom, é mentira! Por acaso eu não te vi da última vez com o Albert, aquele oficialzinho de pele escura?

— *Oh, oh, mais tu es...*⁹⁰

— Está bom, é mentira, é mentira; ou você acha que eu vou me irritar? Não dou a mínima, *il faut que jeunesse se passe.*⁹¹ Você não precisa evitá-lo, se ele já estava aqui antes de mim e você o ama. Só não lhe dê dinheiro, está me ouvindo?

— Então você não se irritará nem com isso? *Mais tu es un vrai philosophe, sais-tu? Un vrai philosophe!* — exclamou em êxtase. — *Eh bien, je t'aimerai, je t'aimerai – tu verras, tu seras content!*⁹²

E realmente, desde então ela parecia ter uma relação de fato comigo, diria até uma amizade, e assim se passaram nossos últimos dez dias. Nunca vi as prometidas "estrelas", mas em relação a outras coisas ela realmente cumpriu sua promessa. Além disso, ela me apresentou Hor-

---

88. *Em francês, "Mas... você sabe... me diga, (...) Mas, sabe, (...) O que você fará depois, me diga?". (N.T.)*
89. *Em francês, "porque eu acreditava que você não passava de um professorzinho (qualquer coisa como um lacaio, não é mesmo?), (...) porque sou uma boa menina". (N.T.)*
90. *Em francês, "Oh, oh, mas você...". (N.T.)*
91. *Em francês, "é preciso aproveitar a juventude". (N.T.)*
92. *Em francês, "Mas você é um verdadeiro filósofo, sabia? Um verdadeiro filósofo!(...) — Pois bem, eu te amarei, eu te amarei – você verá que será feliz!". (N.T.)*

tense, que era uma mulher demasiadamente notável para o seu tipo e que tinha o apelido no nosso círculo de Thérèse-philosophe...

Por outro lado, não vale a pena me delongar nisso; isso poderia constituir um outro conto, com coloração própria, que eu não quero colocar aqui nesse romance. O importante é que eu desejava, com todas as minhas forças, que tudo acabasse o quanto antes. Mas esses cem mil francos duraram, como eu já disse, quase um mês, o que me causou verdadeiro espanto; desse dinheiro, pelo menos oitenta mil foram gastos pela Blanche com coisas para si mesma, e nós vivemos com menos de vinte mil, e mesmo assim foi o suficiente. Ao final, Blanche já estava quase sendo honesta comigo (ao menos já não mentia tanto para mim) e confessou que, pelo menos, eu não acabaria com dívidas, que ela mesma acabou contraindo. "Eu não fiz você assinar as contas e promissórias – ela me disse – porque tive pena de você; mas outra pessoa certamente o faria e isso e te levaria à cadeia. Está vendo, está vendo como eu te amava e como eu sou boazinha! Imagina quanto esse maldito casamento, só ele, me custará!"

Realmente chegamos a celebrar um casamento. Ele aconteceu já bem no finalzinho do nosso mês, e vale ressaltar que nele foram gastos os últimos centavos dos meus cem mil francos; assim que o assunto foi resolvido – ou seja, que nosso mês terminou –, eu fui formalmente dispensado.

Isso aconteceu da seguinte maneira: uma semana depois de nos estabelecermos em Paris, chegou o general. Ele foi direto à Blanche e, desde a primeira visita, praticamente se enfiou na nossa casa. Para falar a verdade, ele tinha um apartamento próprio em algum lugar. Blanche o encontrava de maneira alegre, cheia de gritinhos e gargalhadas, até corria para abraçá-lo; a coisa se desenvolveu de tal maneira que ela mesma não se desgrudava dele, e ele ficava a seguindo por toda parte: ao bulevar, aos passeios de carruagem, ao teatro e nas visitas aos conhecidos. O general tinha até orgulho de cumprir esse papel; ele tinha uma figura bastante digna e respeitável, até que era alto, tinha as suíças tingidas e bigodes (ele tinha servido no destacamento de couraceiros), com um rosto vistoso, embora um tanto flácido. Seus trejeitos eram refinadíssimos, e seu fraque era muito confortável. Em Paris ele começou a ostentar suas medalhas. Não era só possível passear no bulevar com elas, mas – se é que se pode dizer assim – até era *recomendável*. O bom e confuso general estava terrivelmente satisfeito com isso, de forma alguma ele imaginara isso quando viera nos ver aqui em Paris. Quando chegou, por pouco não tremia de medo, achando que a Blanche começaria a gritar e mandaria que o enxotassem; por causa da maneira muito diferente pela qual as coisas se resolveram, ele se regozijava, permanecendo nesse estado atordoado e extático por todo aquele mês. Foi assim que eu o deixei.

Já de volta a Roletemburgo, fiquei sabendo em detalhes que, depois de nossa breve ausência, ele teve um episódio naquela manhã, uma espécie de ataque. Ele caiu no chão, inconsciente, e depois passou a semana toda quase como se tivesse perdido a cabeça, balbuciando. Ele foi tratado, mas de repente largou tudo, pegou um trem e foi embora para Paris. É claro que Blanche seria o seu remédio mais importante; mas os sinais da doença permaneceram ainda por muito tempo, apesar do seu ânimo alegre e extático. Ponderar ou mesmo portar-se de maneira um pouco mais séria já lhe era totalmente impossível; nesse tipo de situação, ele só murmurava "hm!" ao que quer que lhe dissessem e balançava a cabeça, e com isso ele se safava. Ele ria com frequência, mas era um riso nervoso e doente, quase sincopado; em outras ocasiões, ficava sentado por horas a fio, sombrio como a noite, franzindo suas bastas sobrancelhas. Sequer se lembrava de muita coisa; se tornou espantosamente distraído e pegou o costume de falar sozinho. Só a Blanche conseguia avivá-lo; quanto aos seus ataques, em que ele se encolhia em um canto e era tomado pelo ânimo sombrio e choroso, eles aconteciam quando passava muito tempo sem ver Blanche, ou quando Blanche ia para algum lugar e não o levava consigo, ou mesmo quando esta não fazia um carinho nele antes de sair. Nessas ocasiões, nem ele saberia dizer o que queria, nem mesmo sabia por que estava sombrio e triste. Depois de uma ou duas horas parado (eu percebi isso nas duas vezes em que Blanche passou o dia todo fora, provavelmente na casa de Albert), ele de repente começava a olhar em volta, ficava agitado, olhando ao seu redor, como se estivesse se lembrando de alguma coisa ou querendo encontrar alguém; mas como não via ninguém nem se lembrava do que queria perguntar, voltava a ficar absorto até que Blanche surgisse, alegre, frívola, toda arrumada, com suas sonoras gargalhadas; ela corria até ele, começava a chacoalhá-lo e até o beijava, o que, no entanto, era raro. Em uma ocasião, o general ficou tão animado que até começou a chorar, eu cheguei a ficar perplexo.

Desde que o general veio nos ver, a Blanche começou imediatamente a advogar a favor dele e contra mim. Ela até recaía na grandiloquência; lembrou-se de que traíra o general por minha causa, que já era quase sua noiva, sua mão estava prometida; que ele tinha abandonado a família por causa dela e que, por fim, eu era empregado dele e deveria ter compaixão e, afinal, como não sentia vergonha... Eu ficava em silêncio, e ela tagarelava sem parar. Por fim eu caí na gargalhada, e foi assim que o assunto terminou, ou seja, primeiro ela pensou que eu era um tonto, mas depois se ateve à ideia de que eu era uma pessoa boa e coerente. Para resumir, eu tinha a felicidade de ter caído definitivamente nas graças dessa mocinha tão digna (Blanche, no entanto, era na verdade uma moça boníssima – a seu modo, é claro; eu não a via dessa forma a princípio).

— Você é um homem inteligente e bom — ela me disse ao final —, e... e... só é uma pena que você seja tão tonto! Você não liga para nada, nada mesmo! *Un vrai russe, un calmouk!*[93]

Ela me mandou passear algumas vezes com o general, assim como fazia com o criado e seu galgo italiano. Contudo eu o levava ao teatro, ao Bal Mabille e a restaurantes. Blanche me dava dinheiro para isso, embora eu e o general tivéssemos o nosso e ele adorasse ostentar sua carteira em público. No entanto, eu era quase obrigado a usar da força para impedi-lo de comprar um broche de setecentos francos que tinha chamado sua atenção e o general pretendia dar à Blanche. Afinal, e qual seria a utilidade de um broche de setecentos francos para ela? O general não tinha mais que mil francos no bolso. Eu nunca consegui descobrir de onde ele os tinha tirado. Suponho que fora do mister Astley, ainda mais porque fora ele quem pagara a conta do hotel da

---

93. *Em francês, "um verdadeiro russo, um calmuco!". (N.T.)*
Os calmucos são um povo nômade de origem mongol que veio a se estabelecer na Rússia. (N.E.)

família. Quanto à maneira que o general vivia olhando para mim, me parece que sequer imaginava a minha relação com a Blanche. Ele deveria ter ouvido algo vago de como eu tinha ganhado um capital, mas, provavelmente, supunha que eu era alguma espécie de secretário particular dela ou mesmo, quem sabe, um criado. Pelo menos ele falava comigo sempre em um tom de superioridade, como antes, de maneira senhoril, e até me passava alguns sermões de vez em quando. Contudo ele era matéria de muito riso para mim e Blanche durante nossas conversas no café da manhã. Ele não era uma pessoa suscetível; porém comigo se ofendia muito rápido, mas por quê? Até agora não entendo. E, é claro, nem ele mesmo entendia. Em suma, ele ficava no seu discurso sem começo nem fim e, *bâtons-rompus*,[94] gritava que eu era um moleque, que ele iria me ensinar... que ele me faria entender... etc, etc. No entanto, ninguém entendia coisa alguma. Blanche caía na gargalhada, por fim davam um jeito de acalmá-lo e mandavam-no passear. Em diversas ocasiões eu notei, contudo, que ele ficava triste, sentia pena de algo ou de alguém, sentia falta de alguém, embora Blanche estivesse presente. Em meio a esses momentos, chegou a falar comigo umas duas vezes, mas nunca conseguiu se explicar direito, ele relembrava o trabalho, a falecida esposa, a administração da casa, a propriedade. Tropeçava em alguma palavra que o alegrava e a repetia umas cem vezes ao longo do dia, embora ela não expressasse nenhum sentimento ou pensamento seu. Tentei falar com ele sobre as crianças, mas ele recaiu nos seus balbucios incompreensíveis e passou rapidamente para outro assunto:

— Ah, sim, sim! As crianças, as crianças, o senhor tem razão, as crianças!

Uma única vez ele ficou comovido, quando íamos ao teatro.

— São crianças infelizes! — começou a falar de repente. — Sim, meu senhor, sim, são crianças in-fe-li-zes!

E depois repetiu essa expressão algumas vezes durante a noite: Crianças infelizes! Quando eu toquei no nome de Polina, ele chegou a ficar enfurecido.

---

94. Em francês, "de maneira desarticulada". (N.T.)

— É uma mulher ingrata — gritou —, ela é má e ingrata! Ela desgraçou a família! Se aqui houvesse respeito pelas leis, eu a teria feito em pedacinhos! Sim, senhor, sim, senhor!

Quanto ao Des Grieux, sequer podia ouvir o nome dele.

— Ele me arruinou — dizia —, ele me roubou, ele me apunhalou! Ele foi o meu pesadelo ao longo de dois anos inteiros! Por meses seguidos surgia até nos meus sonhos! Esse aí, ele, é... Ora, não me fale dele nunca mais!

Eu percebia que algo se passava entre eles, mas fiquei quieto, como de costume. A primeira a me dizer algo foi Blanche, isso aconteceu uma semana antes de nos separarmos.

— *Il a du chance*[95] — tagarelava. — *Babouchka* agora realmente está doente e vai certamente vir a óbito. O mister Astley enviou um telegrama; convenhamos, ele ainda é herdeiro dela. E mesmo que não fosse, também não atrapalharia. Em primeiro lugar, ele tem uma pensão, em segundo, ele dormiria no quarto ao lado e seria totalmente feliz. Eu seria a *Madame la générale*, faria parte dos melhores círculos (Blanche vivia sonhando com isso), além disso tudo, serei uma aristocrata russa, *j'aurai un château, des moujiks, et puis j'aurai toujours mon million.*[96]

— Bom, mas se ele começar a ter ciúmes, logo começará a fazer exigências... só Deus sabe que tipo de coisa, entende?

— Ah, não, *non, non, non!* Ele não se atreveria! Eu tomei medidas, não se preocupe! Eu o obriguei a assinar algumas promissórias em nome do Albert. Se surgir qualquer problema, ele será imediatamente castigado; mas ele não se atreverá!

— Está bem, então case...

O casamento aconteceu sem uma grande cerimônia, foi um evento familiar e discreto. Foram convidados Albert e mais alguns amigos próximos. Hortense, Cléopâtre e outras foram mantidas bem longe. O

---

95. *Em francês, "Ele tem sorte". (N.T.)*
96. *Em francês, "Ele tem sorte (...) terei um castelo, mujiques e sempre terei meu milhão". (N.T.)*
Mujiques foram camponeses russos, classe que persistiu até a Revolução Russa de 1917. Geralmente eram servos, sendo este o sentido pretendido na fala de Blanche. (N.E.)

noivo estava extremamente interessado em sua condição. A própria Blanche deu o nó na gravata dele, passou a pomada em seu cabelo; já ele, vestindo seu fraque e seu colete branco, tinha um aspecto *très comme il faut*.[97]

— Ele é no entanto *très comme il faut* — disse-me a própria Blanche ao sair do quarto do general, como se a ideia de que o general *très comme il faut* também a tivesse impressionado.

Eu entendia tão pouco dos detalhes, participando apenas como um negligente espectador, que me esqueci de muito do que aconteceu. Só me lembro que Blanche não era bem de Cominges, assim como a sua mãe não era a viúva Cominges, mas du-Placet. Não entendo por que elas duas diziam ser de Cominges até então. Mas o general continuava muito contente mesmo assim e até gostava mais de du-Placet do que de de Cominges. Na manhã do casamento, já completamente vestido, ele percorria toda a sala e ficava repetindo com um aspecto extraordinariamente sério e importante: "Mademoiselle Blanche du-Placet! Blanche du-Placet! Du-Placet! A senhorita Blanche Du-Placet!...". E certo prazer consigo mesmo cintilava em seu rosto. Na igreja, na casa do *maire*[98] e no nosso apartamento, enquanto comíamos, ele não estava só feliz e satisfeito, mas até orgulhoso. Alguma coisa tinha ocorrido com os dois. Blanche também tinha um aspecto de particular dignidade.

— Agora eu preciso me portar de uma maneira completamente diferente — ela me disse em um tom extremamente sério —, *mais voit-tu*, eu não consigo decorar o meu sobrenome agora: Zagorianski, Zagozianski, sou a *Madame la générale Sago-Sago, ces diables des noms russes, enfin Madame la générale à quatorze consones! Comme c'est agréable, n'est-ce pas?*[99]

Por fim nos separamos, e Blanche, essa tola, até derramou lágrimas quando se despediu de mim.

---

97. Em francês, "muito adequado". (N.T.)
98. Em francês, "prefeito". (N.T.)
99. Em francês, "Madame general de Sago-Sago, esses nomes russos dos diabos, enfim, madame general com um nome de catorze consoantes! Como é agradável, não?". (N.T.)

— *Tu étais bom enfant* — disse ela, choramingando. — *Je te croyais bête es tu avais l'air,*[100] mas isso fica bem em você. — E quando já me apertava a mão pela última vez, ela de repente gritou: — *Attends!* — Foi correndo ao seu boudoir e voltou, um momento depois, com uma nota de dois mil francos. Eu não conseguia acreditar! — Você mereceu isso, você pode ser um *outchitel* muito inteligente, mas você é um rapaz muito tonto. Eu não te daria mais que dois mil por nada, porque você perderia de qualquer jeito. Bom, então adeus! *Nous serons toujours bons amis,* e se você conseguir ganhar de novo, venha me ver sem falta, *et tu serais heureux!*[101]

Eu ainda tinha uns quinhentos francos; além disso tinha um relógio maravilhoso que devia valer uns mil francos, abotoaduras de brilhantes e outras coisas assim, de tal forma que ainda poderia me manter por bastante tempo sem me preocupar com nada. Me instalei propositalmente nesta cidadezinha para me recuperar e, sobretudo, para esperar o mister Astley. Sabia que ele provavelmente viria aqui a negócios e passaria alguns dias. Eu descobrirei tudo... e depois, depois é direto para Homburgo. Não volto para Roletemburgo, pelo menos até o ano que vem. Realmente dizem que dá azar tentar a sorte duas vezes na mesma mesa, e em Homburgo está o jogo mais autêntico de todos.

---

100. Em francês, "Você é um bom rapaz.(...) Eu te tomava por um bobo, e você dava mesmo essa impressão". (N.T.)
101. Em francês, "Nós seremos sempre bons amigos, e se você conseguir ganhar de novo, venha me ver sem falta, e você será feliz!". (N.T.)

CAPÍTULO XVII

Já faz um ano e oito meses que fiz estas anotações, e só agora, por tédio e desespero, resolvi me distrair e as reli por acaso. Na ocasião eu as havia encerrado na minha viagem a Homburgo. Meu Deus! Relativamente falando, como meu coração estava leve naquele momento em que escrevi essas últimas linhas! Isso é, não é bem que estivesse com o coração leve, mas eu tinha muita confiança em mim mesmo, esperanças inabaláveis! Será que eu duvidaria, ainda que um pouco, de mim mesmo? E então se passou mais de um ano e eu, na minha opinião, estou pior que um mendigo! E que mendigo! Que se dane a mendicância! Eu estou simplesmente arruinado! Além do mais, eu quase não tenho como me comparar, nem devo ficar pregando lições de moral a mim mesmo! Não há nada mais tolo do que uma lição de moral em um momento como esse! Oh, as pessoas cheias de satisfação consigo mesmas: com que satisfação orgulhosa esses tagarelas estão dispostos a passar suas sentenças! Se eles soubessem com que profundidade eu compreendo quão abjeta é a minha situação atual, é claro que eles não abririam a boca para me ensinar nada. Além do mais, o que eles poderiam me dizer de novo, que eu já não saiba? E seria esse o caso? A questão é que uma volta da roleta muda tudo, e esses mesmos moralistas seriam os primeiros (estou certo disso) a vir correndo me parabenizar com suas brincadeiras amigáveis. Não virariam o rosto para mim, como fazem agora. Eu cuspo em todos eles! E o que eu sou agora? Um zero. O que posso ser amanhã? Amanhã eu posso ressuscitar dos mortos e voltar a viver! Posso encontrar em mim o homem que fui, antes que ele se perca de vez.

À época, eu realmente fui a Homburgo, mas... eu estive outra vez, e de novo, em Roletemburgo, naquele spa, inclusive em Baden, aonde eu fui como valete do conselheiro Hinze, um canalha e meu antigo senhor. Sim, eu fui lacaio, ao longo de cinco meses inteiros! Isso aconteceu logo após a prisão (eu fiquei preso em Roletemburgo por uma dívida.

Uma pessoa anônima me tirou de lá, mas quem seria? Mister Astley? Polina? Não sei, mas a dívida foi quitada, eram duzentos táleres ao todo, e eu fui solto). Aonde eu iria? Foi assim que cheguei ao Hinze. Ele é um jovem frívolo, que adora fazer corpo mole, e eu consigo falar e escrever em três idiomas. A princípio eu comecei a trabalhar para ele como uma espécie de secretário, ganhando trinta florins ao mês; mas terminei sendo um verdadeiro lacaio dele: ele não tinha as condições de manter um secretário, então me tirou o salário; eu não tinha para onde ir, então fiquei, e assim acabei me tornando seu lacaio. Eu comia e bebia muito pouco enquanto trabalhei para ele, mas ainda assim juntei setenta florins nesses cinco meses. Certa noite, em Baden, lhe informei do meu desejo de me separar dele; naquela mesma noite fui à roleta. Oh, como meu coração batia forte! Não, nem o dinheiro me importava! Naquele momento eu só tinha vontade de que todos os Hinzes, todos esses *Oberkellners*, todas essas maravilhosas damas locais, que todos eles falassem de mim, que contassem minha história, se impressionassem comigo e me elogiassem, fizessem reverências aos meus ganhos. Não passavam de sonhos e preocupações infantis, mas... quem sabe, talvez eu encontrasse Polina, então falaria com ela, e ela veria que eu estou acima de todos esses golpes do Destino... Oh, eu não me importava com o dinheiro! Eu estava certo de que gastaria tudo com alguma Blanche e novamente iria a Paris, passearia três semanas em um par de cavalos próprios de dezesseis mil francos. Eu sei que não sou avarento, até acho que sou extravagante, enquanto isso, no entanto, ouvia os gritos do crupiê com trêmula ansiedade, com o coração apertado: *"trente et un, impair et passe"* ou *"quatre, noir, pair et manque!"*. A ganância com que eu olhava para a mesa do jogo, pela qual se espalhavam as moedas de ouro, os florins, para aquelas coluninhas de ouro que eram desmanchadas pela pazinha do crupiê, formando montes de ouro, reluzentes como chamas, ou para as pilhas de prata, que atingiam palmos de altura, postas ao redor da roleta. Antes mesmo de chegar ao salão de jogos, a duas salas de distância, eu apenas podia ouvir o tilintar das moedas sendo colocadas na mesa, e quase tive uma convulsão.

Ah, aquela noite em que levei meus setenta florins ao salão de jogos também foi impressionante. Eu comecei com dez florins e apostei, de novo, no *passe*. Eu tinha uma preferência pelo *passe*. Perdi... Sobraram-me sessenta florins em moedas de prata; eu pensei e apostei no zero. Comecei a colocar cinco florins por vez nele; na terceira aposta saiu o zero, por pouco não morri de felicidade ao receber cento e setenta e cinco florins; não fiquei tão feliz sequer quando eu ganhei cem mil. Imediatamente coloquei cem florins no vermelho, ganhei; todos os duzentos no vermelho, ganhei; todos os quatrocentos no preto, ganhei; todos os oitocentos no *manque*, ganhei. Somados ao que já tinha, eram mil e setecentos florins, e isso em menos de cinco minutos! Pois é, nessas horas você se esquece de todos os fracassos passados! Afinal, eu tinha conseguido isso arriscando mais do que minha própria vida, tive a ousadia de arriscar e, então, voltei a ser gente!

Eu aluguei um apartamento, tranquei-me e fiquei sentado contando meu dinheiro até às três horas. Pela manhã, quando me levantei da cama, já não era um lacaio. Decidi que iria embora para Hamburgo naquele mesmo dia, lá eu não havia sido lacaio nem ficara na prisão. Meia hora antes da viagem, fui fazer duas apostas, não mais do que isso, e perdi mil e quinhentos florins. Ainda assim, me mudei para Homburgo e já faz um mês que estou aqui...

É claro que vivo em constante preocupação, aposto sempre o mínimo possível e fico esperando alguma coisa, fazendo contas, passo dias inteiros à mesa de jogos, *observando* as jogadas, até sonho com o jogo, mas tudo isso me dá a impressão de que eu estou me enrijecendo, como se estivesse afundando em uma espécie de lodo. Concluo esse aparte com a impressão deixada pelo encontro com mister Astley. Nós não tínhamos nos encontrado desde aquela época e o fizemos por acaso; e foi assim. Eu estava indo ao jardim e fazia contas, porque já estava quase sem dinheiro, mas ainda tinha cinquenta florins, além disso, tinha acertado minha conta dois dias antes. Então eu só tinha mais uma oportunidade para tentar a sorte na roleta, que era para onde ia. Se ganhasse, ainda que fosse pouca coisa, poderia continuar jogando; se perdesse, voltaria a ser um lacaio, a não ser que pudesse encontrar um russo precisando de um professor. Ocupado com essa minha ideia, eu seguia o meu passeio diário pelo parque e pelo bosque que ficava ao lado do principado. Às vezes passeava cerca de quatro horas e voltava para Homburgo cansado e faminto. Assim que eu saí do jardim em direção ao parque, vi de repente mister Astley sentado em um banquinho. Foi ele quem me viu primeiro e gritou meu nome. Eu me sentei ao seu lado. Depois de perceber um certo ar de importância nele, imediatamente moderei minha agitação; mas eu estava muito feliz em vê-lo.

— Então o senhor está aqui! Eu estava mesmo achando que o encontraria — ele me disse. — Não se preocupe em me contar, eu já sei, já sei de tudo, já estou sabendo de tudo que se passou na sua vida nesse um ano e oito meses.

— Ah! Então o senhor fica seguindo os velhos amigos! — respondi. — Isso lhe cai bem, porque significa que não se esqueceu... Espera, agora me ocorreu algo, não teria sido o senhor, então, quem me tirou da cadeia quando eu estava preso pela dívida de duzentos florins? Foi um benfeitor anônimo quem me tirou.

— Não, mas não, eu não tirei o senhor da prisão em Roletemburgo pela dívida de duzentos florins, mas eu sabia que o senhor estava na cadeia por uma dívida de duzentos florins.

— Quer dizer então que o senhor sabe quem me tirou?

— Oh, não, eu não poderia afirmar quem fez isso.

— Que estranho, eu não sou conhecido por ninguém entre os russos de lá, e os daqui, provavelmente, jamais me tirariam da prisão; lá na Rússia, os ortodoxos ajudam ortodoxos. E eu pensei que um britânico estranho haveria quitado minha dívida só para ser excêntrico.

Mister Astley me ouvia com certa surpresa. Ele parecia ter esperado me encontrar deprimido e arruinado.

— No entanto eu fico muito feliz em ver que o senhor preservou completamente a sua independência de espírito e até mesmo sua alegria — ressaltou ele com um aspecto bastante incomodado.

— Isso é, por dentro o senhor está rangendo os dentes de raiva por não ter me encontrado deprimido e arruinado — eu disse, rindo.

Ele não entendeu de imediato, mas depois de entender, sorriu.

— Eu gosto das suas observações. Reconheço nessas palavras aquele velho amigo, inteligente, entusiástico e, ao mesmo tempo, cínico; só os russos conseguem misturar, simultaneamente, tantas contradições. De fato, as pessoas adoram ver seu melhor amigo humilhando-se à sua frente; a humilhação é o principal rito de passagem da amizade; e isso é uma verdade antiga, conhecida por todas as pessoas inteligentes. Mas neste caso, eu lhe asseguro, estou sinceramente feliz por você não estar em uma situação miserável. Diga-me, o senhor não pensa em parar de jogar?

— Oh, o Diabo que o carregue! Deixarei agora mesmo, é só que...

— É só que você vai jogar para recuperar o que perdeu? Não precisa terminar, eu já sei, o senhor falou isso da boca para fora, mas era verdade. Agora diga, além de apostar, o senhor não faz mais nada?

— É, não...

Ele ficou me examinando. Eu não sabia nada sobre o que acontecia fora dali, mal passava os olhos nos jornais e, sem dúvida, não tinha nem pegado em um livro por todo esse tempo.

— O senhor está afundando — ressaltou —, não só desistiu da vida, dos seus interesses e relações, do seu dever como cidadão e indivíduo, dos seus amigos (e olha que o senhor os tinha); não só está se afastando de qualquer objetivo que não seja o ganho no jogo, está também se afastando até mesmo das suas lembranças. Eu o lembrarei de um instante que causou uma impressão ardente e poderosa na sua vida; mas estou certo de que o senhor se esqueceu de todas as melhores impressões daquela época; agora os seus sonhos, os seus desejos mais íntimos não vão além do *pair* e *impair*, *rouge*, *noir*, os doze intermediários etc. etc. Eu tenho certeza disso!

— Basta, mister Astley, por favor; por favor nem me lembre! — gritei irritado e quase enraivecido. — Saiba que eu não me esqueci de coisa alguma; eu só tirei isso tudo da cabeça por um tempo, mesmo as memórias, só enquanto não mudo radicalmente a minha situação, então... então o senhor verá, eu renascerei dos mortos!

— O senhor ficará aqui mais dez anos — ele disse. — Eu lhe proponho uma aposta, e lhe lembrarei disso, se eu estiver vivo, aqui neste mesmo banco.

— Está bom, já basta — interrompi impaciente —, e para lhe provar que não me esqueci do passado, permita-me uma pergunta: onde está agora a miss Polina? Se o senhor não me tirou da prisão, deve ter sido ela. Desde aquela época não tive mais notícias dela.

— Não, oh, não! Eu não acho que ela tenha feito isso. Agora ela está na Suíça, e o senhor me daria muita satisfação se não me fizesse mais perguntas sobre miss Polina — disse ele em tom decidido e até irritado.

— Quer dizer que o senhor também foi profundamente ferido por ela! — E um riso me escapou.

— Miss Polina é a melhor criatura entre as que mais merecem respeito na existência, mas eu repito, o senhor me daria grande prazer se parasse de me perguntar dela. O senhor nunca a conheceu, e ver o nome dela na sua boca é, para mim, uma ofensa moral.

— Aí está! Mas o senhor não tem razão, pois de que mais poderíamos falar, na sua opinião, se não disso? Se é disso que consistem todas as nossas memórias. Não se preocupe, no entanto, eu não preciso de qualquer um dos seus assuntos íntimos e secretos... Eu só me interesso, por assim dizer, no paradeiro de miss Polina, só quero saber como anda sua situação externa atualmente. E isso dá para contar em duas palavras.

— Está bem, mas que terminemos isso em duas palavras. Há muito Polina esteve doente, e continua doente mesmo agora; ela viveu algum tempo com a minha mãe e minha irmã no norte da Inglaterra. Seis meses atrás, a avó dela – lembra-se, é aquela mesma mulher louca – morreu e deixou-lhe sete mil libras em espécie. Agora miss Polina está viajando com a família da minha irmã, que se casou. Os irmãos pequenos também receberam parte da herança da avó e estão estudando em Londres. O general, padrasto dela, morreu mês passado em Paris, vítima de um derrame. Mademoiselle Blanche cuidou bem dele, mas tudo que ele tinha recebido da velha acabou nas mãos de Blanche... Bom, acho que é isso.

— E o Des Grieux? Não estaria viajando também pela Suíça?

— Não, Des Grieux não está na Suíça, mas eu também não sei onde ele está; além disso, estou lhe avisando, de uma vez por todas, que o senhor deve evitar esse tipo de alusões e aproximações indignas, do contrário certamente teremos problemas.

— Mas como! Mesmo com a nossa velha amizade?

— Sim, mesmo com a nossa velha amizade.

— Peço mil desculpas, mister Astley. Mas permita-me dizer, no entanto: não há nada de ofensivo ou indigno nisso, eu não culpo miss

Polina por nada. Além disso, um francês e uma senhorita russa, falando de modo geral, é um tipo de aproximação, mister Astley, que não nos cabe permitir ou compreender definitivamente.

— Como o senhor não está usando o nome de Des Grieux junto com outro, então eu lhe pediria que me explicasse o que tem em mente com a expressão: "um francês e uma senhorita russa"? Que tipo de "aproximação" é essa? Por que usa justamente um francês e justamente uma senhorita russa?

— Está vendo, o senhor ficou interessado. Mas é uma longa história, mister Astley. Seria preciso saber de muitas coisas de antemão para entender isso. Contudo é uma questão importante, por mais engraçado que tudo isso possa parecer à primeira vista. O francês, mister Astley, é uma forma acabada e bela. Como britânico, o senhor pode discordar disso; e eu, como russo, também não estou de acordo, mas, vá lá, talvez seja inveja; mas pode ser que as nossas senhoritas tenham outra opinião. O senhor pode considerar Racine desarticulado, distorcido e perfumado demais, de certo ponto de vista até mesmo engraçado; mas ele é encantador, mister Astley, e, o mais importante, é um grande poeta, queiramos ou não. A forma nacional do francês, isso é do parisiense, começou a se tornar o modelo de elegância enquanto nós ainda éramos ursos. A revolução herdou a nobreza. Agora o mais vulgar dos francesinhos pode ter seus maneirismos, seus trejeitos, expressões e até pensamentos de forma totalmente elegante, sem tomar parte nessa forma por sua própria iniciativa, alma ou coração; ele herdou tudo isso. Em si mesmos, podem ser as criaturas mais vazias e fúteis de todas. Enfim, mister Astley, agora eu lhe informo que não existe no mundo nada mais cheio de confiança e sinceridade do que uma senhorita russa, essa criatura boa, espertinha e apenas um pouco afetada. Des Grieux surgiu como um ator mascarado e conseguiu conquistar o coração dela com facilidade; ele tem uma forma elegante, mister Astley, e uma senhorita tomaria essa forma por sua verdadeira alma, como se fosse a forma natural de sua alma e coração dele, e não uma roupa que ele herdou. Para o seu terrível desprazer, eu sou obrigado a confessar-lhe que os ingleses em sua maioria são desajeitados e deselegantes, e os russos sabem reconhecer a beleza e anseiam por ela.

No entanto, para distinguir a beleza da alma e a originalidade da personalidade, para isso é preciso muito mais independência e liberdade do que gozam as nossas mulheres, que dizer das senhoritas aristocráticas – e de qualquer modo se necessita de mais experiência. A miss Polina – perdão, o que se diz não volta – precisaria de muito, muito tempo para decidir se preferiria o senhor em detrimento daquele canalha do Des Grieux. Ela o valoriza, será sua amiga, abrirá todo seu coração diante dos seus olhos; mas nesse coração ainda assim reinará o cretino detestável do Des Grieux, aquele agiota abjeto e mesquinho. Por assim dizer, isso continuará desse jeito por teimosia e orgulho, porque esse mesmo Des Grieux está envolto em uma aura de elegância de marquês, de liberal desiludido e arruinado (seria mesmo?), que está ajudando a família dela e o leviano general. Todas essas manobras vieram à tona depois. Mas não importa que tenham sido descobertos, ainda assim, se lhes derem agora o Des Grieux lá de trás, é disso que ela precisa! E quanto mais ela odiar o Des Grieux de agora, tanto mais sentirá falta do antigo, ainda que o antigo só tenha existido em sua imaginação. O senhor está no ramo do açúcar, mister Astley?

— Sim, sou sócio da famosa açucareira Lowell & Cia.

— Então, está vendo, mister Astley. Por um lado, é um empresário do açúcar; por outro, é Apolo de Belvedere; essas coisas não combinam. Eu nem sou empresário de açúcar, sou só um jogador de roleta, e cheguei até a ser lacaio, o que certamente já chegou aos ouvidos de miss Polina, porque, pelo jeito, ela tem um bom detetive.

— O senhor está com raiva, por isso está falado todos esses disparates — disse mister Astley com sangue frio depois de refletir um pouco.
— Além disso, suas palavras não são originais.

— Concordo! Mas nisso também está o horror, meu caro amigo, todas as minhas acusações por mais antiquadas, por mais atrasadas, por mais que sejam vaudevillescas[102], ainda assim, são verdadeiras!

---

102. Derivado de "Vaudeville", forma de teatro surgida na França, popular na segunda metade do século XIX. Seu nome deriva da expressão francesa "voix de ville", significando "voz da cidade". As peças, em sua maioria, tinham natureza satírica, misturando atos de comédia e música. (N.E.)

— Isso é um disparate vil... porque, ora, porque... quer saber! — exclamou mister Astley em um tom trêmulo e com os olhos ardentes. — Pois fique sabendo, seu homem ingrato e indigno, baixo e infeliz, que vim de Homburgo até aqui justamente a pedido dela para vê-lo, a fim de ter uma longa e sincera conversa com o senhor e depois relatar tudo a ela, os seus sentimentos, pensamentos, esperanças e... suas memórias!

— Até parece! Será possível? — gritei com lágrimas escorrendo dos meus olhos. Eu não consegui contê-las e essa, me parece, foi a primeira vez que isso me aconteceu na vida.

— Sim, homem infeliz, ela o ama, e eu posso lhe revelar isso, porque o senhor é um homem arruinado! Pior do que isso, eu até posso lhe dizer que ela continua o amando, mesmo assim o senhor continuará aqui! Isso mesmo, o senhor arruinou a si mesmo. O senhor tinha certas capacidades, um caráter vívido e não era uma pessoa ruim; até poderia ser útil à sua pátria, que agora está precisando de gente, mas ficou aqui e acabou com sua vida. Eu não o culpo. A meu ver, todos os russos são assim ou estão predispostos a isso. Se não é a roleta, então é outra coisa parecida com ela. As exceções são demasiadamente raras. O senhor não é o primeiro a não compreender o que é trabalho (não falo do seu povo). A roleta é um jogo dominado pelos russos. O senhor sempre foi honesto e prefere ser um lacaio e até se tornar um ladrão... Mas eu tenho medo de pensar no que o futuro lhe reserva. Chega, adeus! O senhor certamente está precisando de dinheiro, não é? Aqui, eu lhe dou dez moedas de ouro, e não mais, porque o senhor vai apostar e perder tudo de qualquer jeito. Pegue e adeus! Pegue de uma vez!

— Não, mister Astley, depois de tudo que me disse...

— Pe-ga! — gritou ele. — Estou certo de que o senhor ainda é nobre e lhe entrego isso como um verdadeiro amigo. Se eu pudesse ter alguma garantia de que o senhor largaria o jogo agora mesmo, deixaria Homburgo e voltaria à sua pátria, eu estaria disposto a lhe dar mil libras para que pudesse começar sua nova carreira. Mas é por isso que não darei mil libras, mas só dez moedas de ouro, porque mil libras ou dez moedas, nas suas atuais circunstâncias, são exatamente a mesma coisa para o senhor; invariavelmente vai apostar e perder. Pegue e adeus.

— Pegarei, se me permitir abraçar-lhe nesta despedida.
— Oh, mas com prazer!
Nós nos abraçamos sinceramente, e mister Astley foi embora.

Não, ele não tinha razão! Se eu fui rude e tolo em relação a Polina e Des Grieux, fui rude e apressado em relação aos russos. Nem digo nada de mim mesmo. Além do mais... além do mais, tudo isso não importa mais. Tudo isso são palavras, palavras e nada mais que palavras, e é preciso fazer, não falar! Então agora o principal é a Suíça! Amanhã mesmo, se eu pudesse ir amanhã mesmo! Eu nasceria de novo, renasceria. Eu vou mostrar a todos eles... A Polina que fique sabendo que posso ser alguém. Só preciso... mas agora também já está tarde, se bem que amanhã... Ah, eu tenho um pressentimento, e não pode ser de outra forma! Agora tenho quinze moedas de ouro, e comecei com apenas quinze florins! Se tomar cuidado desde o começo... Mas será, será mesmo que eu sou um moleque!? Será que nunca entenderei que sou mesmo um homem arruinado? Mas por que eu não poderia ressuscitar? É isso! Só precisaria ser prudente e paciente uma vez na vida, e é só isso! Só precisaria ter calma e, em uma hora, eu poderia mudar todo o meu destino! O mais importante é ter calma. Só preciso lembrar do que aconteceu naquela ocasião há sete meses em Roletemburgo, antes da minha derrocada definitiva. Oh, aquilo foi um caso admirável de decisão: naquele momento eu perdi tudo, tudo mesmo... Eu saí do cassino, quando vejo, no bolso do meu colete tilintava mais um florim. "Ah, vai dar para almoçar!", pensei, mas, depois de cem passos, eu mudei de ideia e voltei. Coloquei o florim no *manque* (daquela vez foi no *manque*), e realmente há algo de especial na sensação de estar sozinho, no estrangeiro, longe da terra natal, longe dos amigos, sem saber se terá o que comer; então você aposta sua última moeda, a última mesmo, é tudo ou nada! Eu ganhei e, dentro de vinte minutos, saí do cassino carregando sento e setenta florins no meu bolso. É um fato! Às vezes esse é o significado de um último florim! E o que teria acontecido, se eu tivesse perdido a confiança, se eu não tivesse tomado a decisão de arriscar?...

Amanhã, amanhã tudo isso acaba!

SOBRE O AUTOR

Fiódor Mikhailovitch Dostoiévski nasceu em Moscou, Rússia, no dia 11 de novembro de 1821. Filho de Mikhail Dostoiévski e Maria Fiodorovna Netchaiev, ficou órfão de mãe no dia 27 de fevereiro de 1837. Nesse mesmo ano, foi enviado para São Petersburgo onde cursou a Escola de Engenharia Militar. Em 1839, seu pai, que era médico, foi assassinado pelos colonos da fazenda onde vivia.

Em 1849, Dostoiévski foi detido por participar do Círculo Petrashevski contra o regime do Czar Nicolau I, sob a acusação de ter lido em público passagens de uma carta semiaberta de Vissarion Bielínski ao escritor Nikolai Gogol, criticando-o por suas visões conservadoras.

Por esse episódio, foi preso e condenado à morte, mas acabou tendo a pena comutada por oito anos de trabalhos forçados na Sibéria. Cinco anos depois, sua pena foi reduzida para serviço militar por tempo indeterminado.

Os anos na Sibéria mudaram profundamente as ideias e o tom da obra de Dostoiévski, que passou a ter as características pelas quais o autor é conhecido até hoje.

Em 1866 publica a obra *Crime e Castigo*, seu primeiro grande romance, que narra a história do estudante Raskólnikov, paupérrimo, que resolve matar uma velha usurária para salvar a si e sua família.

Fiódor Dostoiévski faleceu em São Petersburgo, no dia 9 de fevereiro de 1881, vítima de epilepsia.

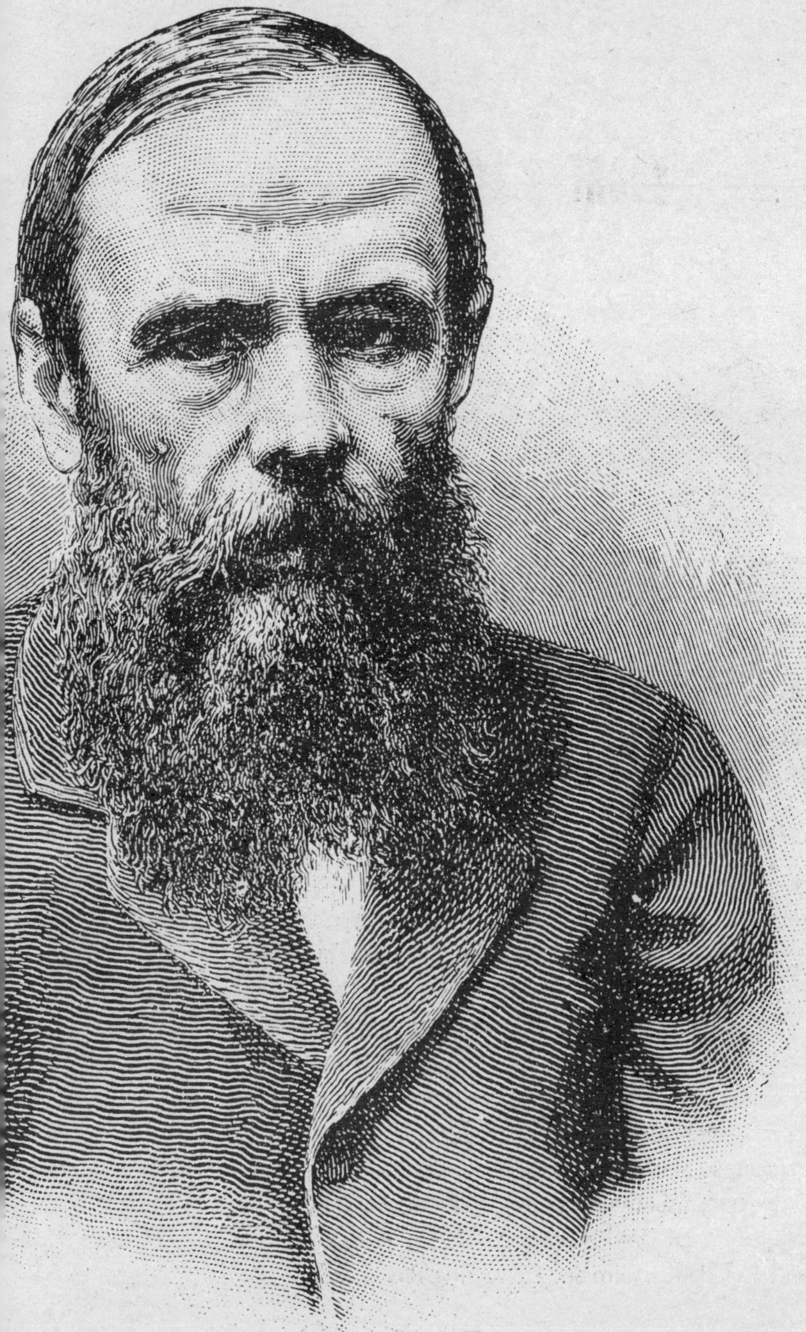

QR Code para comprar

facebook.com/EdPeDaLetra/
instagram.com/editorapedaletra/
www.editorapedaletra.com.br

Todos os direitos desta edição
reservados para Editora Pé da Letra.